mazlumun ahı

emre

HALİT ERTUĞRUL

mazlumun ahı

emre

HALİT ERTUĞRUL

Yayın Yönetmeni: Selahattin Arslan
Editör: İsmail Fatih Ceylan
Tashih: Özlem Gölcü
Mizanpaj: Ahmet Ay
Kapak: Mesut Sarı
Üretim: Ali Osman Macit
ISBN: 978-975-6503-83-6
Baskı: Mart 2009
Baskı-Cilt: Nesil Matbaacılık
Beymer San. Sit. 2. Cad. No: 23
Yakuplu - B. Çekmece / İstanbul
Tel: (0212) 876 38 68 pbx

NESİL YAYINLARI
Sanayi Cd. Bilge Sk. No: 2 Yenibosna
34196, Bahçelievler / İstanbul
Tel: (0212) 551 32 25 pbx
Faks: (0212) 551 26 59

İnternet: www.nesilyayinlari.com
e-posta: nesil@nesilyayinlari.com

NESİL

bu romanın kahramanı Emre Adana'da yaşamaktadır

mazlumun ahı

emre

HALİT ERTUĞRUL

yaşanmış bir hayat öyküsü

NESİL

Eğitimci-yazar Dr. Halit Ertuğrul, Adıyaman'ın Besni ilçesinin Şambayat nahiyesinde dünyaya geldi. İlkokulu doğduğu yerde, ortaokul ve öğretmen okulunu da Kırşehir'de okudu. Niğde Eğitim Enstitüsünü bitiren Dr. Halit Ertuğrul, daha sonra Gazi Eğitim Fakültesi, Eğitim Bilimleri Bölümü, Eğitim Yönetimi ve Denetimi Anabilim Dalından da mezun oldu.

Cumhuriyet Üniversitesi, Kamu Yönetimi, Yönetim Bilimleri Bölümünde yüksek lisans; Sakarya Üniversitesi, Sosyoloji Bölümünde de doktora çalışmalarını tamamladı.

"Osmanlıdan Günümüze Azınlık ve Yabancı Okulları, Bu Okulları Bitirenlerin Türk Toplumunda Üstlendiği Roller" isimli doktora çalışması, Kültürümüzü Etkileyen Okullar adıyla basıldı ve büyük ilgi gördü.

Yurdun çeşitli yerlerinde ilkokul öğretmenliği, okul müdürlüğü, Millî Eğitim Şube Müdürlüğü ve Millî Eğitim Müdürlüğü görevlerinde bulundu. Millî Eğitim Bakanlığı merkez teşkilâtına geçerek, Kurul Uzmanı ve Bakan Danışmanı olarak çalıştı.

Çeşitli üniversitelerde yöneticilik ve öğretim üyeliği yapan Dr. Halit Ertuğrul, yurt içi ve yurt dışında çeşitli bilimsel ve kültürel faaliyetlere katıldı.

Meslek hayatı boyunca, eğitim ve kültür alanında elliden fazla kitabı ve çok sayıda makale ve yazısı yayınlandı. Kitapları çok sayıda ödül aldı ve çeşitli dillere çevrildi. Ayrıca, bazı kitapları Milli Eğitim Bakanlığı ve Emniyet Genel Müdürlüğü tarafından tavsiye edildi.

Yayınlanan kitaplarından Kendini Arayan Adam, Düzceli Mehmet ve Aysel gibi eserleri yüzlerce baskı yaparak, satış rekorları kırdı.

Bilimsel ve kültürel faaliyetlerini sürdüren Dr. Halit Ertuğrul, "Öğretmede Yeni Teknikler," "Öğrenmede Yeni Teknikler," "Çocuk Eğitiminde Yeni Teknikler," "Günümüzde Gençlik Problemleri ve Çözümler," "Aile İçi Eğitim" gibi konularda konferanslar vermektedir.

Dr. Halit Ertuğrul evli ve iki çocuk babasıdır.

HALİT ERTUĞRUL

www.halitertugrul.com • e-mail:halit1956@mail.com

YAYINLANMIŞ ESERLERİ

- Kendini Arayan Adam
- Kendimi Buldum
- Bir Deprem Mucizesi: Düzceli Mehmet
- Buna Yürek Dayanmaz: Aysel
- Aşk Böyle Yaşanır
- Yeni Bir Hayat
- Dünyayı Ağlatanlar
- Uçurumdan Dönüş
- Gençlik Mektupları
- Adım Adım Evlilik
- Ailede ve Okulda Çocuk Eğitimi
- Kültürümüzü Etkileyen Okullar
- Dünyama Bahar Geldi
- Eğitimde Bediüzzaman Modeli
- Kendimizi Nasıl Yetiştirelim
- Öğrencinin Başarı Kılavuzu
- Öğretmenin Başarı Kılavuzu
- Siz Kimsiniz?
- Çocuğumu Bana Verin
- Bir Gözyaşı Seli: Selim ve Hande
- Kitap Okumada Yeni Teknikler
- Bilimsel Çalışmada Yeni Teknikler
- Bir Duygu Fırtınası: Canan
- Mazlumun Ahı: Emre
- Okuyuculardan İbretli Mektuplar
- Günümüzden Hizmet Öyküleri
- Öğretmenlerden Hizmet Öyküleri
- Kendini Arayan Kadın
- Aradığını Bulan Kadın
- Gizemli Davet
- Üniversite Sınavını Nasıl Kazandım?
- Gençlik Sorunları ve Çözümleri
- Şark Kızı
- Son Umut
- Örnek Hayatıyla:
  Herkesin Öğretmeni Hz. Muhammed (a.s.m.)
- İnsanlığa Adanmış Bir Ömür
  Said Nursî'nin Destanlaşan Hizmeti
- Namazla Gelen Mucize: Ezanla Diriliş
- Ateşte Yeşerdim
- Kendinizi Keşfe Var mısınız?
  21 Adımda Hedef 12
- Bir Gençlik Dramı: Sevda

İÇİNDEKİLER

ÜÇÜNCÜ BÖLÜM

DÖRDÜNCÜ BÖLÜM

BEŞİNCİ BÖLÜM

ALTINCI BÖLÜM

YEDİNCİ BÖLÜM

TAKDİM

Emre, baştan sona yaşanmış bir hayat öyküsüdür.

Bizzat Emre'den dinlediğim bu hayat hikâyesi, beni şaşkınlık içinde bırakmıştı. Öyle acılar yaşamış, öyle büyük bir kederle dolmuştu ki hayatı, anlattıklarına yüreğim dayanmıyordu. Böyle bir eleme nasıl sabredilirdi?

Kalbime üzüntüden bir kor düşmüştü sanki.

Duyduklarıma inanamıyor, düşüncelerimi toparlayamıyordum.

Bir ateş topu gibi yanan bu adamın anlattıkları âdeta nefesimi kesmiş, bütün dünyamı altüst etmişti.

Dinlemek bile dehşet vericiydi.

Ya yaşamak?

Nasıl dayanabilirdi ki insan bunca acıya!

Emre, sanki ateşte pişmişti. Onun da gözlerinden yaşlar akıyordu, o yaşlar su damlası değil de kızgın birer lavdı...

Daha fazla dayanamadım.

– Bu yaşadığın hayat çok ibretli olaylarla dolu, dedim. Bunları not etmeme müsaade eder misin? Bunları okuyucularımla paylaşmak istiyorum. İnanıyorum ki senin biyografini okuyan her insan, kendi dünyasını yeniden gözden geçirecek ve kendisine çekidüzen verme ihtiyacı hissedecektir.

Mecalsiz ve fersiz bakışlarını bana çevirdi.

– Ne demek hocam, dedi. Bilakis size minnettar kalırım, benim yaşadıklarımı okuyucularınıza aktaracağınız için...

Bizi yıkan yanlışları, bizi yakan ateşi, bizi yutan tuzakları onlar da okusunlar. Bizim hatalarımıza bizim yanlışlarımıza düşmesinler. Bizim ömrümüz heba oldu, telef oldu. Onların tertemiz hayatları lekelenmesin. Onlar, alınları ak, onurlarıyla ayakta kalsınlar.

Yazın ne olur hocam... Bari hayatımın bunca yanlışlığına bedel, küçük de olsa bir iyiliğim olsun.

Adımı ve memleketimi yazmayın veya değiştirin. Olur ya, hâlâ bizi akraba bilenleri kızdırmayalım, onları zarara sokmayalım.

Ben anlatayım, beni yıllardır ağlatan, kahreden ve yakan hatalarımı... Siz de ne olur kaleme alın. Yazın ki başka masum hayatlar, taptaze hayaller daha başlamadan bitmesin.

Bu garip, yorgun ve bitkin adamın gözyaşlarıyla anlattıklarını ben de gözyaşlarıyla döktüm kâğıda. Tabii, isimleri değiştirerek Emre'nin arzusunu yerine getirdim.

Ortaya öyle çarpıcı bir kitap çıktı ki onu anlayabilmeniz için okumanız lazım. Çünkü bu kitabı yazarken âdeta her sayfası, her paragrafı gözyaşlarıyla sulandı.

Nefesimi tutarak gözyaşları içinde dinlediğim bu ibretli hakikatlere ilave edeceğim ne olabilirdi? Her şey apaçıktı.

Emre'nin hayatı öyle ibret dolu ki kim okursa aynı hislere kapılır. Zaten onun yaşadığı olaylar, bir toplumu ve bir dönemi anlatıyor. Çok daha önemlisi de toplumdaki karışıklığa, düzensizliğe ve çirkinliğe çıkış yolu sunarak gayet mühim çözümleri de gözler önüne seriyor. Bunun için de bu kitap, herkesin, her kesimin hayatını içine alan bir özellik taşıyor.

İnsanın içini kanatan, yüreğini ağzına getiren ve acının her türlüsünün yaşandığı bu kitap, âdeta bir destan gibidir. Eser bittiğinde ise içinize yeni bir umudun ve yeni bir aydınlığın doğduğunu göreceksiniz.

Bu inanılmaz ve dayanılmaz hayat öyküsünü dayanabilenlere takdim ediyorum.

Saygı ve sevgilerimle...

Not: Çalışmalarımda bana yardımcı olan öğrencim Muzaffer EMARE'ye kalbi dualarımla.

Halit ERTUĞRUL

BİRİNCİ BÖLÜM

Babamın Parçalanan Cesedi

Kıyamet, insanın hayatını tüketen bitiren, batıran ve mahveden bir tufan...

Kıyamet, bir ömür bitişi ve hayatın son bulması...

Her insanın er veya geç bir kıyameti olur. Her insan kıyametin tatsız sürprizine hiç beklemediği bir anda yakalanır. Ama benimki çok farklıdır. Herkesin bir defa karşılaştığı kıyametle, ben yüzlerce kez karşılaştım. Herkesin bir defa çektiği o büyük acıları, ben sayısız şekilde çektim, inledim, çaresiz kaldım. Şimdi düşünüyorum da bunca dayanılmaz acılara ve dertlere nasıl dayanmışım? Hayatın öldürücü dalgalarıyla nasıl boğuşabilmişim?

Belki de Mevla'm, bunca acı tecrübeleri yeni nesle, tecrübesiz gençlere ve hayatın tuzaklarından habersiz olan insanlara anlatabilmem ve onlara örnek olabilmem için beni yaşattı. Beni Rabb'im ayakta bıraktı ki insanlara ibret olayım da aynı yanlışlığa onlar da düşmesinler diye...

Hayatımın ilk kıyameti koptuğu zaman henüz dört yaşındaydım. Hayatın öldürücü darbelerinden habersiz, masum ve günahsız bir çocuk...

Hayatımın ilk kıyameti, bütün ömrümün her dakikasını kıyamete çevirmişti. Bu öyle dehşetli bir andı ki bütün ümitlerimi bitirdi, dünyamı kararttı. Bana ilk dersi çok da acısı olsa vermişti. Çekilmez acılarla dolmuştum. Bir türlü dinmiyordu gözyaşlarım.

Bu kıyamet, babamın gencecik cesediydi. Başı parçalanmış, kolları kesilmiş, ayakları koparılmış ve bütün cesedi, büyük bir işkenceyle lime lime doğranmıştı.

Böbrek hastası olan annem ile dört küçük kardeş sarmaş dolaş olmuş; babamın tabutuna kapanmış feryat figan içindeydik.

Bu bizim için tam bir kıyametti. Küçük dünyamda ümitsizlik ve çaresizliği ilk kez tadıyordum.

Ya Rabb'i! O ne korkunç bir tabloydu. Düşünmek bile insana dehşet veriyor.

Bir insana bu kadar mı işkence edilirdi? Bu derece insafsızca ve merhametsizce davrananlar var mıydı dünyada? Babamın vücudunu bir kasap gibi doğrayanların ne kadar müthiş bir kini varmış! Kim bilir babam o acılar içinde nasıl feryat edip imdat istemişti.

Çok korkunç!.. Akıl almaz bir canilik!.. O sahneyi hayatım boyunca gözümün önünden silemedim. O parçalanmış cesedin etkisinden kurtulamadım. Babamın acı içinde gerilmiş yüzü ve donmuş bakışları hayalimden gitmiyordu. Belki de hayata kin ve nefret bakışımın temelinde bu unutulmaz sahne yatıyordu.

Düşmanlık Geleneği

Düşmanlık bizim yaşam biçimimizdi. Düşmanlıklarla yattık, düşmanlıklarla kalktık. Yıllar yılı, belki de asırlarca kanayan bir yara, bir kin, bir öfkeydi bu.

Bütün hayat planlarımızı, düşmanlarımıza zarar vermek veya ondan gelen zararları def etmek üzere kurmuştuk.

Haksızlığa devlet adaletle yaklaşmazsa, mazlumu masumu korumazsa, zalim ve suçlu da gerektiği cezayı almazsa işte o zaman herkes gücü yettiği ölçüde kendi adaletini işletmeye başlar. Tabii ki bunun da sonu korku, işkence, kan ve ölümle biter.

Biri senin çocuğunu dövdüyse sen de o kişiye karşı daha fazla güç toplayıp baskı yaparsın. Biri yolunu keserse sen daha şiddetli bir şekilde karşı koyarsın. Bir kişi öldürülürse karşı taraftaki ölü sayısı ikiye çıkar.

Bu bir anlamda güç gösterisidir. İnsan hayatını söndüren, gencecik bedenlere mal olan korku ve şiddetle dolu bir güç gösterisi...

Şimdi düşünüyorum da niçin bir araya gelmeyi denememişiz? Neden çocuklar birbirlerinin yolunu kestiklerinde, dövdüklerinde konuşarak iletişime geçmemişiz? Çözüm yolları aramamışız? Tam tersine olayı daha da büyütecek yollara başvurmuşuz.

Gece Nöbet Tutuyorduk

Gece olunca kapılar pencereler kapatılır. Erkekler silahlarını kuşanır, Düşmandan bir saldırı gelirse anında karşılık verebilmek sabaha kadar nöbet beklenirdi. Nöbet geceleri, bir kâbusa dönerdi. Ne uyku ne de uyanıklık; ne gündüz ne de gece... Hiçbir zaman dilimi insana huzur vermezdi. Hep korku, hep tedirginlik, hep şiddet...

Sanki bu bir hayat değil, bir işkence sahnesiydi. Bitmeyen tükenmeyen bir mahkeme salonundaydık. İşte son kurban da babam olmuştu. Buna karşılık verilmeliydi; ama nasıl?

Bu mukabele için Urfa'dan kaçıp geldik. Karşı taraf bizden daha güçlüydü. Bizden erkek koymadı sanki...

Onlara direnen bir babam kalmıştı. Onu da öylesine ağır bir işkenceyle öldürdüler ki bu ölümden ziyade bizlere bir gözdağıydı. "Eğer haddinizi bilmezseniz, hepinizin de sonu bu olur" mesajını vermişlerdi.

Zaten bizden kimse de kalmamıştı. Babamın intikamını kim alacaktı? Annemin tarafı bizimle konuşmuyorlardı. Çünkü dedem, annemin babamla evlenmesine karşı çıkmış. Dedem bu evliliği onaylamadığı için bütün aile annemi gözden çıkarmışlar. Annem de bu evliliğe ısrar edince ipler büsbütün kopmuş. O yüzden annemin tarafından hiç kimse bizimle konuşmaz ve bize destek olmazdı. O kadar dayanılmaz acılar çekmemize rağmen ne dayılarım ne teyzelerim ne de dedem ve anneannem bize yardım etmediler. Varlıklı insanlar olmalarına karşın bize destek vermediler.

İnsanın Hiçbir Değeri Yoktu

Bizim ailede bir amcam, bir de babam vardı. Aslında babamlar dört kardeşti; ama üçü düşmanlarımız tarafından öldürülmüştü. Halamın bir tanesi kocasıyla birlikte yine düşmanlarımızın kurşunlarına hedef olmuştu. İkincisi de düğünü olurken...

Bunlar çok kötü, çok zalimce tutumlardı. Hem düşmanlarımız hem de bizim için fenaydı. Asla olmaması gereken şeyler yaşadık.

Büyük bir ümit ve beklentiyle askerden dönmüştü halamın eşi. Düğün gecesiydi. Kim bilir ne hayalleri vardı. İkisinin de sonu çok feci oldu. Ya arkada kalanların çektikleri acı?

Bizim acılarımızın tarifi yok... Çünkü yalnız ve çaresiz kalmıştık. Hayatta kalan amcam sakat ve hasta birisiydi. Bize istediğimiz gibi destek olamadı. Çok zaman da kendi canı için bizlere yanaşmadı. Halam ise bu can pazarına daha fazla dayanamadı, göçtü gitti.

Onu yıllarca hiç görmedik. Halamı bulma ümidiyle yaptığımız araştırma, yine bir yıkılışa götürmüştü. Hem kocası hem de kendisi evde tüp zehirlenmesinden ölmüşlerdi. Gerçekten bir kaza mıydı; yoksa kasıtlı mıydı, bilemiyorum.

Evet, işte. Hayat dedikleri; dünya içinde, dört çaresiz çocukla, hasta bir annenin geldiği son nokta buydu.

Bizi öyle acı dolu günler bekliyordu ki bütün bu elem dolu günleri anlatmak zor. Ne kadar güç olsa da kalemim yetersiz kalsa da yazacağım kahır dolu günleri...

Babam Kirli İşlere de Bulaşmıştı

Babam zeki, kurnaz, işini iyi bilen ve yakışıklı bir insandı. Annemin onu niye sevdiğini anlayabiliyorum. Deyim yerindeyse parlak bir delikanlıymış. Ama her insan gibi babam da yanlış yapmış. Onun en büyük hatası, haram-helal ayrımı yapmayışı, zaman zaman da kirli işlere bulaşmış olmasıydı.

Bir taraftan düşmanlar, diğer yandan içki, kumar, kadın vb. daha birçok yanlış... Ben o günleri hayal meyal hatırlarım. Annem sabahlara kadar yalvarırdı:

"Bey, yapma! Beni ve çocukları düşün. Bu hayat tarzı, kimseyi doyurmamış. Hep felaketle sonuçlanmış bu işler..."

Fakat babam, bu yalvarışları duymuyordu. Duyacağa da benzemiyordu.

Babam, "Topal Hamdi" diye bilinen bir zenginin yanında çalışıyordu. Topal Hamdi, karanlık işleriyle ünlü biriydi. Gazino, kumarhane, kadın ticareti, uyuşturucu; kısacası her türlü rezalet onda vardı. Yanında babam gibi birçok adamı vardı. Bunların hepsi de kirli işlere bulaşmış fedaileriydi. Ayağı bir çatışmada topal kalmıştı. Topal Hamdi'nin bir özelliği de bizim düşmanlarımızın iyi bir dostu olmasıydı. İşte babamın öldürülmesinin ardındaki sır da buydu.

Acaba babamı, yanlış bir işinden dolayı Topal Hamdi mi öldürtmüştü yoksa düşmanlarımız mı? Belki de her iki taraf da işbirliği yapmıştı.

Yapılan işkenceyi görünce Topal Hamdi akla geliyordu. Düşmanlar birbirlerini öldürürler; ama işkence etmezlerdi. Babam ise sanki bir kurbanlık gibi doğranmıştı. Babamın kirli işler içinde bir menfaat veya bir namus işine bulaşması sonucu öldürüldüğü kanaati de ihtimal dâhilindeydi.

Böylece ailemin düşmanları çoğaldı: Topal Hamdi ve eski düşmanlarımız.

Hiç dostumuz yoktu. Benim tek tesellim ise annemin dizine uzanmak, ağlamak ve gözyaşı dökmekti.

Ah, o yokluk! Ah, o çaresizlik!

Ya Rabb'i!.. O günleri bir daha gösterme. Kimseye yaşatma. Öyle bir çaresizlikti ki anlatamam.

Babamın cenazesini kaldıramadık. İki gün evimizde kaldı. Daha sonra belediyenin adamları geldi. Onlar kaldırdılar. Rahmetli annem, parmağındaki yüzüğünü çıkardı, babamın cenaze masraflarına harcadı.

Kiralık bir ev... Hasta bir anne... Onun dizinden ayrılmayan, onun gözyaşlarına baka baka tam bir ateş cenderesindeki dört çocuk...

Dayanılmaz Günler

Kiralık, küçük bir evde başımıza kalmıştık. Annem sabahlara kadar inlerdi. Böbrek hastası olduğu için bir şey yemez içmez, eli yüzü şişer, benzi sapsarı olur ve yüzü hiç gülmezdi.

Kardeşlerim ve ben de çocuk olduğumuz için annemizin halinden anlamaz, yaramazlık yapar, onu üzerdik. Fakat annemin dayanılmaz acılarla kıvrandığını fark ettiğimizde ve iniltilerini duyduğumuzda onun etrafında toplanır, ağlardık. Annemizin de babam gibi öleceğini zannederdik. Annemin canı öyle yanardı ki sabahtan akşama, bazen akşamdan sabaha kadar sürerdi ıstırapları. Biz de geceleri ağlaya ağlaya uyurduk.

O zamanlarda aç kaldığımız günler çok olurdu. Bazen bir lokma ekmek bile bulamazdık. Komşular bize şefkat ederlerdi de yemek verirlerdi ara sıra. Fakat bu yardımlar da kesildi. Meğer düşmanlarımız bizi çaresiz bırakmak istiyorlarmış. Komşularımızı tehdit ederek onların bize yaklaşmasını engellemişler.

Annem, babamın alacakları için Topal Hamdi'ye gitmiş. Topal Hamdi hem annemi kovmuş hem de babamın borçlarının ödenmemesi halinde bunu "canınla ödersin" diyerek tehdit etmiş. Annem eve geldiğinde çok yıkılmıştı, çok perişandı. Canım annem neler çekmişti, neler...

Annem o gece çok hastalandı. Canı öyle yanıyordu ki feryat, figan içinde kıvranıyordu. "Yok mu bir Müslüman, yok mu bir Allah'ın kulu? Ölüyorum, yardım edin!" diye dayanılmaz bir sancı içinde inliyordu. Ben o sırada dört yaşındaydım. Kardeşlerim benden küçüktü.

Annem "Yok mu bizi kurtaran?" diye bağırıyor, biz de "acıktık, ekmek" diye haykırıyorduk. En küçük kardeşim kızdı. Onu teselli etmenin imkânı yoktu. Sürekli ağlardı.

İKİNCİ BÖLÜM

Sır Adam

O gece annemin acılarını, bizim ise açlıktan kaynaklanan haykırışlarımızı duyan Biri vardı. Evin içi feryatlarla dolmuştu ki kapımız çalındı. Dilenci kıyafeti içinde bir bey, evimizin içine girdi. "Allah rızası için bir yardım" diyerek başını kaldığımız odaya doğru uzattı. Yüzü pırıl pırıl, bakışları tatlı, tertemiz bir adamdı. Çocukça bir dille "Sana vereceğimiz bir şeyimiz yok" diye halimizi arz etmek için ekmek torbasını aldım. İçinde hiçbir şey olmadığını göstermek için dilenciye uzattım. Nur yüzlü dilenci, büyük bir şefkat ve tebessümle torbayı elimden aldı. Elindeki çantadan yiyecekler çıkararak bizim ekmek torbamıza doldurmaya başladı. Ekmek, sebze, meyve, yiyecek hatırlayabildiğim kadarıyla epeyce yiyecek doldurmuştu. Kapının önüne bıraktı.

Annem acı içinde kıvranırken bizler o aç halimizle torbaya doğru koştuk. Adam da çıktı, gitti. O torba sanki bir bereket hazinesi oldu. Torbanın içindekileri kaç gün yedik, bilemiyorum.

Olayın daha da enteresan yönü, torbadan bir de ilaç çıktı. Annem o ilacı içince bir nebze kendine geldi. Çok sevinmiştik. Rahmetli annem, "O adam dilenci değildi. O Allah'ın iyi bir kuluydu" diye olayı bizlere defalarca yorumlamıştı.

Annem dini bütün bir hanımdı. En zor, en acı ve en dayanılmaz olaylar karşısında bile matemini gizler, sabrını gösterir, Allah'a tevekkül eder ve asla isyan etmezdi.

O sırlı olayın üzerinden bir-bir buçuk yıl geçmişti ki o dilenci kılıklı, nur yüzlü adam yine bize yardım etti.

Altı yedi aydan beri kirayı veremediğimiz için evden çıkarıldık. Zaten fazla eşyamız da yoktu. Babamın alacaklıları o kadar gelip gittiler ki bir kısmı halimizi görünce bizimle uğraşmaktan vazgeçtiler. Bir kısmı da kullanılabilecek durumda olan eşyalarımızı aldılar. Evde buzdolabı, televizyon gibi eşyalar ilk alınanlar arasındaydı. Daha sonra eski koltuk takımı ve annemin yatak odasını da götürmüşlerdi. Hatta evde sadece tüp ve ocak kalmıştı. Bir alacaklı da son olarak onları almak istemişti. Annem ağlayınca adam acıyarak bıraktı, gitti.

Ev sahibi birkaç eski eşyayla bizi kapı dışarı edince biz de ne yapacağımızı şaşırmıştık. İlk geceyi o yaz gününde yıldızlar altında geçirdik. Rahmetli annem sabaha kadar hem hastalıktan dolayı inledi hem de Allah'a yalvardı, yardım istedi.

Biz uyuduğumuzda güneş üstümüze vurmuş, ter içinde bunaltıcı bir sıcak başlamıştı. Yine o alışıldık sahne vardı; annem hastalığının acısından, biz de açlıktan kıvranıyorduk.

Bir ekmek, bir lokma kuru ekmek... Meğer ne kadar değerliymiş, erişilmez bir nimetmiş. Çöplere tonlarca yiyecek dökenleri gördükçe açlıktan ölmek üzere olanlar gözümün önünde canlanır. Ne de olsa ben de onların içindeydim. Herhâlde adalet sahibi olan Allah, bunun için büyük bir mahkeme kuracaktır. Yoksa o açlık dramı, ne ile teselli edilebilecek?

Evsiz kalmıştık. Tuvalet ihtiyacı, su ve açlık... Bütün hacetler dayanılmaz boyuttaydı. Annem yere kapandı, başını yere koydu. Acı dolu bir feryatla:

"Gönder Allah'ım o inayetini, o rahmetini, o yardımını gönder" diye inliyordu. "Artık bittim, ne yapacağımı şaşırdım. Şu günahsız, şu masum çocuklar için gönder."

Bir at arabası yanaştı.

– Haydi, gidiyoruz, dedi arabayı kullanan adam.

Döndük. Bir baktım ki o adam. Dilenci kılığıyla gelip bize yiyecek veren adam... O pırıl pırıl simayı, o tatlı tebessümü unutmak mümkün müydü?

Annem:

– Nereye gidiyoruz? Siz kimsiniz, diye sordu.

Arabacı:

– Size bir ev buldum, oraya taşınıyorsunuz, dedi.

Herhâlde annem, meseleyi kavramış olacak ki hiç sesini çıkarmadı.

Şaşkınlık İçindeydik

Birkaç parça eşyayı arabaya attı. Bizler de bindik. Yolda bizimle hiç konuşmadı. Yalnızca anneme, "Bu kitabı oku" demiş.

Sonra öğrendim ki o sır adamın verdiği kitap *Cevşen*'miş. Annem de durmadan o *Cevşen*'i okurdu.

"Bu Cevşen, şifa oluyor, beni rahatlatıyor, acılarımı dindiriyor" derdi.

Küçük, mütevazı ve bakımlı bir evin önüne geldik. Eve girdik ki evin içi tertemiz eşyalarla döşenmiş. Ayrıca mutfak yiyeceklerle doldurulmuş.

Arabacı bizi eve yerleştirdi.

"Ev sahibi sizden para almayacak" dedi. "Korkmayın, Allah'a dayanın. Rabb'imiz hastaların, düşkünlerin, kimsesizlerin ve mağdurların en büyük dostudur. Yalnızca sabredin."

Gitti.

Bayram ediyoruz evin içinde. Hepimiz birden yiyeceklere saldırdık. Bir daha acıkmayalım, diye; sanki bütün yiyecekleri midemize doldurmak istiyoruz.

Annemin de ilk defa yüzünün güldüğünü ve karnımızı doyururken tatlı bir tebessümle bizi izlediğini görüyordum.

İki odalı ev, son derece tertipli ve düzenli bir şekilde döşenmişti.

Annem çığlık çığlığa hayretini anlatıyordu.

"Nasıl olur Allah'ım! Giden buzdolabının yerine aynısı, giden koltuk ve yatak odası takımının yerine de tıpa tıp benzeyeni gelmiş" diyordu.

Yani eşyalarımız sanki buraya taşınmıştı. Hatta bu ev, çıktığımız evin sanki ikiziydi. "Bu nasıl olur? Böylesi olamaz" diye hayretler içindeydik.

Ama esas şaşırtıcı olay, daha sonra yaşandı.

Ev sahibi olduğunu öğrendiğimiz yaşlı ve sakallı bir adam geldi.

– Hayrola, dedi. Sizin burada ne işiniz var?

Annem:

– Bizi buraya arabacı getirdi, buraya yerleştirdi. Hatta ev sahibi sizden para almayacak, dedi.

Yaşlı adam derin bir hayret içine dalarak olduğu yere oturdu.

– Allah, Allah, dedi. Ben böyle bir adam tanımıyorum. Evim kiralıktı; ama kimseye söz vermemiştim. Sonra kirayı almayacağım, diye de bir niyetim yoktu.

Siz kimsiniz? Anlatın bakalım...

Annem anlattı.

Yaşlı adamın gözlerinden yaşlar akmaya başlamıştı. Bu dayanılmaz hayat öyküsü onu da çok etkilemişti.

– Sizi getiren adamı tanımıyorum; ama tahmin edebiliyorum. Benim evim sizin gibi masumlara nasip olduğu için Allah'ıma binlerce şükür.

Sizden para almayacağım. Ben öyle varlıklı ve zengin bir adam değilim. Fakat size ufak tefek yardımımı da esirgemem inşallah.

Bu olay hem annemi hem de yaşlı adamı derin bir tesir altında bırakmıştı. Beni ise bu hadise daha sonra etkiledi. Âdeta gizli bir el çaresizliğe düşen bizlere çözümler sunuyordu. Hele o sır adamı unutmak mümkün mü? Ne zaman bunalsak imdadımıza gelmişti...

Annemin hastalığı devam ediyordu. Annemin en büyük korkusu ise bizim can güvenliğimizdi. Çünkü üç erkek çocuğun büyüyüp serpilmesine, ne Topal Hamdi ne de düşmanlarımız asla müsaade etmezdi. Onlardan intikam alabileceğimiz endişesi, düşmanlarımızı rahat bırakmayacaktı.

Yani biz hem yalnızlıkla hem açlıkla hem de iki ayrı düşmanla boğuşuyorduk. Bizleri çok acı, çok zorlu ve çok kötü günler bekliyordu. Hayatımıza kurulan can pazarı bizi yemeye devam edecekti.

Beni Kaçırdılar

Annemin hastalığı dayanılmaz boyutlara ulaşmıştı. Altı yaşına bastığım sene, bir küçüğüm beş; ondan sonraki dört; en küçük kız kardeşim de üç yaşına girmişlerdi.

Artık ben hayatın dayanılmaz yükünü ve zorluğunu hissediyordum. Kendi çapımda da ailemin bütçesine katkıda buluyordum.

Allah ebediyen razı olsun, ev sahibimiz hem bizden kira almıyor hem de bizleri himaye edip kolluyordu.

Bana bir boya sandığı aldı. O küçük yaşıma rağmen sabahtan akşama kadar dolaşır, üç-beş kuruş alır, eve yorgun argın gelir, içire girince ise bütün gücüm tükenmiş bir halde yığılırdım. Ama annemin dayanılmaz iniltilerini duyunca yorgunluğumu unutur, sabaha kadar uyumaz, gözyaşı dökerdim.

Ah!.. Ne sıkıntılı ne dayanılmaz günlerdi. O günlerde başıma öyle bir olay geldi ki hatırladıkça hayret içinde kalırım.

Her sabah olduğu gibi evden çıkmıştım. Boya sandığımı sırtıma aldım. Ayağımda dağılmak üzere olan eski bir ayakkabı. Sanki kırk yerinden yamalı bir pantolon, birkaç parçaya ayrılmış tişört...

Elimdeki siyah boyalar iyice deriye işlemişti. Annemin amansız hastalığı, evdeki her şeyi alt üst ettiği gibi bizi temizlikten de mahrum etmişti.

Bir duvarın dibine oturdum. O çaresiz ve hüzün dolu sesimle:

"Boyayalım abiler, parlamazsa para yok" diye bağırıyordum.

Yanımdan geçen insanların bir kısmı üzerimdeki giysiye ve elimin yüzümün kirine bakınca iğreniyor bir kısmı yaşıma ve halime acıyor bir kısmı da gülüp geçiyordu.

Bazen de merhametli insanlar çıkıp fazla fazla para vererek beni sevindiriyorlardı.

Benim ilgimi ise yaşıtlarımın durumu çekiyordu. Onlar, anne babalarıyla el ele tutuşmuş gidiyorlardı. Güzel giysileri olanlar, ellerinde çikolata ve dondurmayla keyif çatanlar... Onlara öyle imrenirdim ki çocukluk yıllarım bu özentiyle geçti.

Akşam olunca, acılar içinde kıvranan anneme dönecek olmak da beni kahrederdi. İşte böyle günlerin birinde başıma bir hadise geldi.

Tanımadığım çok güzel giyinmiş, orta yaşlı, bir adam ile bir delikanlı geldiler. O kadar sevecen ve tatlı yaklaşımları vardı ki çabucak kaynaştık. Benimle ilgili sorular sordular.

– Babam yok, annem de hasta. Ben de üç kardeşime bakıyorum, dedim.

– Ne kadar acıklı. Çok üzüldük, dediler. Öyleyse gel, önce seninle güzel bir yemek yiyelim. Sonra da konuşacaklarımız var.

Hiç itiraz edemedim. Hâlbuki annem sürekli bizi uyarırdı.

– Tanımadığınızdan hiçbir şey almayın. Onların dediği yerlere gitmeyin. Düşmanlarımız var. Size kötülük edebilirler.

Bu iki insan o kadar iyiydi ki annemin dediklerini hatırlatacak hiçbir yanları yoktu.

Boya sandığımı aldılar. Az ileride bekleyen bir arabaya götürdüler beni. Arabada bir kişi daha vardı.

Arabaya biner binmez gözümü bağladılar. Ben bağırmaya başlayınca da ağzımı bağladılar. O kadar korktum ki kalbim sanki göğüs kafesinden dışarı fırlayacaktı. Ter boşandı bütün vücudumdan. Sırılsıklam olmuştum; hatta korkudan altıma kaçırmıştım. Bu yüzden ilk dayağı da takside yedim. Koltuğu ıslattığım için...

Ölümün İlk Dokunuşu

Ne kadar gittik, nereye gittik bilemiyorum. Gözümü açtıkları zaman sönük bir ışık, bir divan ve eski bir masanın bulunduğu bir odada olduğumu anladım.

Bağırmaya ve yalvarmaya başladım.

– Annem çok hasta. Eve dönmezsem kardeşlerim ve annem çok üzülür. Ben olmazsam onlara bakan kimse olmaz. Beni bırakın amcalar, ben size bir şey yapmadım.

Elimi cebime attım. O gün, iki tane boyadığım ayakkabı parasını avucuma aldım ve karşımda oturan asık suratlı adama uzattım.

– Al, dedim. Param bu kadar, başka verecek bir şeyim yoktur.

Suratıma öyle bir tokat indirdi ki bir anda kendimi yerde buldum. Ağzım burnum kanlara bulanmıştı.

Önüme bir ekmek attı.

– Al bunu ye, dedi. Sesini de kes. Sakın kendine bir şey yapma, sen bize lazımsın.

Çıktı, gitti.

Küçücük beynimde binlerce soru oluşmuştu:

"Beni niçin getirdiler? Benden ne istiyorlar? Bana ne yapacaklar?"

Ruhumda esen korku ve bir türlü aklımdan çıkmayan annem ve kardeşlerim...

Bir taraftan içinden çıkılmaz bunca problem, diğer taraftan kanlara bulanmış dişlerimle elimdeki ekmeği kemirmeye çalışıyordum. Açlık öylesine fazlaydı ki içim dökülüyordu âdeta.

Ne kadar zaman geçti bilemiyorum; yan taraftan gelen seslerle irkildim.

Adamlardan biri:

– Yazık bu çocuğu bırakalım. Bunun annesi hastaymış, babası da yokmuş. Evin de en büyüğüymüş, yapmayalım, diyordu.

Diğeri de:

– İyi ya işte; arayanı soranı olmaz. Karşımıza kimse çıkmaz. Çocuğu istediğimiz gibi çalıştırırız. Bir ayağını, bir de kolunu sakat etmek, gözünün birini de kör yapmak yeter. Tam bir sakat ve mağdur olur. Bu çocuk bize çok para getirir. Siz dediğimi uygulayın. Bu gece işini bitirin çocuğun. Birkaç ay sonra çalışır duruma gelir.

Aman ya Rabb'i! Neler duyuyordum. Demek ki beni kaçıranlar şebekeydi. Beni sakat bırakıp dilendireceklerdi ha!

Ne yapacağımı bilemiyordum. Yalnızca zaman zaman annemden duyduğum gibi yalvarmaya başlamıştım.

"Allah'ım imdat et. Yardım eyle. Beni buradan kurtar. Anneme gitmek istiyorum."

Çocuk kalbimle herhâlde çok saf ve çok içten dua etmiş olacağım ki işte o anda hayatımın mucizesi gerçekleşti. Hâlâ o anın ürpertisi ve heyecanı içindeyim. Bu hatıra benim hayatımın en mukaddes emanetidir.

Yine O Sırlı Adam

Kapı açıldı.

Odaya yine o adamların girdiğini düşünerek başımı ellerimin arasına aldım, beni döverler diye elimle başımı korumak istedim. Nasıl bir korku ve heyecan içindeydim anlatamam.

Bir el yavaşça koluma uzandı. Çok yumuşak bir dokunuşla:

– Korkma, dedi. Ben onlardan değilim.

Başımı kaldırdım. Aman Allah'ım, O adam! O tatlı yüz, o şefkatli tebessüm, o merhamet dolu iki göz... Sanki bir anda beni büyüleyip kendi dünyasına çekmişti. Sanki her tarafım taş kesildi, hayran hayran o adamı izliyordum.

Tuttu kolumdan:

– Haydi, dedi. Gidelim, annen ve kardeşlerin seni bekliyorlar.

Kapıyı açtı. O önde, ben de arkada çıktık. Ortalarda hiç kimseler yoktu. Bağ evi gibi bir yerde olduğumu anladım. At arabasına bindik. Vakit de geceydi. Çok çabuk bir şekilde eve geldik. Beni indirdi.

Yalnızca:

– Siz kimsiniz amca, diyebildim.

Gülümsedi:

– Sen şimdi çabucak annene git. Daha sonra görüşeceğiz.

İndim. O da arabasını sürdü, gitti.

Zavallı annem ve kardeşlerim beni çok merak etmişlerdi. Çok korkmuşlardı. Annem beni görünce sarıldı, ağladı ağladı... Kardeşlerim çok korkmuşlar.

Olayı anlatınca annem rahatladı ve dua etti:

"Demek o adam ha! Ya Rabb'i çok şükür. Sana ne kadar dua etsek de azdır."

Bir beladan daha, Allah'ın lütfüyle harika bir şekilde kurtulmuştuk. Yine de hayatın dertleri bitmiyor, sıraya dizilmiş bizi bekliyorlardı.

Acı Dolu İlkokul Yıllarım

Her geçen gün bir önceki zamanı aratıyordu. Hayatın güçlükleriyle ve zorluklarıyla sanki daha fazla karşılaşmaya başlamıştık. Her gelen gün, annemi biraz daha dertlere, elemlere boğuyordu. Günler birbirini kovalarken yalnızlık, kimsesizlik, fakirlik ve çaresizlik de bizi takip ediyordu. Öyle sıkılıyor ve eziliyorduk ki!

Her gelen gün tahammül edilmez geceleri yanına takıp geliyordu. O geceler de katlanılmaz gündüzleri peşinde sürüklüyordu Acılar cenderesinde bizleri âdeta yakıp pişiriyordu.

Ah, o geceler!. Ne olur hiç gelmeseydiniz. Annemin yürekler yakan iniltileri hiç duyulmasaydı.. Bir gece, sadece bir gece, inlemeden, bağırmadan, etrafı tırmalamadan, "Kurtarın, ölüyorum!" demeden rahat şekilde yatabilseydi. Yalnızca bir gece olsun o bile yeterdi; ama biz o geceyi hiç yaşamadık. Bu gidişle de hiç yaşayamayacaktık.

Ya gündüzler? Bazen tek bazen bir küçüğümle bazen de üç erkek kardeş düşe kalka bir boya sandığıyla sokak sokak dolaşırdık. Aç, susuz, güneş altında çile doldurmaktı bunun adı. Bazen bir iki ekmek parası kazandırdık. Hiç kazanamadığımız da olurdu tabii. Fakat işin en kötüsü, insanlar arasında ezilmişlik, terk edilmişlik ve sahipsizlik duygusuyla yaşamaktı. Kötü şeyleri düşünmek, hep kötü ve yanlış davranışları örnek almak bizim kaderimizdi. İlk sigara denemeleri, hırsızlık girişimleri bizim çocuksu oyunlarımızın bir parçasıydı.

Önümüzdeki hayat tüneli çok; ama çok olaylara gebe gözüküyordu. Sahipsizdik, dertler sıraya dizilmiş hadiselerden habersiz, başıboş bir hayatın içindeydik. Bu sanki önü alınmaz felaketlerin habercisiydi.

İlkokuldaydık...

Mevla'm binlerce kere razı olsun. Yaşlı ev sahibimiz hepimizin de okul ihtiyaçlarını karşılıyordu. Sanki o manevî bir baba, bizi her zaman kollayan çok yakın bir akraba gibiydi.

Ben ilkokul beşinci sınıfa, kardeşlerimin biri dörde, diğeri de üçe gidiyordu. En küçüğümüz olan kız kardeşimiz ise ilkokul ikinci sınıftaydı.

Dördümüz de çok iyiydik. Dördümüz de sınıfımızın en çalışkanıydık. Rahmetli annemin, yaşlı ev sahibimizin ve öğretmenlerimizin teşvikiyle...

Kız kardeşimizin öğretmeni Ayla Hanım çok merhametli çıktı, bizimle ilgilenmeye başladı. Her fırsatta bizi toplayıp "Başarmaktan başka çareniz yok. Kurtulmanızın ve iyi bir hayat sürmenizin yolu okumaktır. Herkesten daha iyi okumalısınız. O zaman annenizin hastalığını bile tedavi ettirirsiniz. Eviniz olur, paranız olur. Bir de kendinize araba alırsınız" öğüt verirdi.

Sağ olsun Ayla Hanım... Çocuk dünyasına iyi hitap ediyor, bizi çok iyi kamçılıyordu. Ama hayatın güçlükleri bırakmıyordu ki rahatça okulumuza devam edelim.

Ben artık çok şeyin farkındaydım. Yaşımdan daha büyük hisleri ve duyguları taşıyordum. Annemin hali, bizim durumumuz, düşmanlarımız, kardeşlerimin korunması ve daha birçok şey benim kafamı sürekli işgal eden çözümsüz problemlerdi.

Bazen hırslanır, kinlenir ve düşmanlarımızı bir anda mahvetmek isterdim. Hepsinin de başını koparıp sıraya dizme hayali, bana sonsuz bir huzur verirdi. Bazen bir köşeye çekilir ağlardım. Çaresiz kaldığım zaman ağlayarak rahatladığımı çok iyi hatırlıyorum. Bazen de durumu iyi, kıyafeti düzgün arkadaşlarımı görünce isyan eder "Allah'ım neden onların durumu iyi, anne ve babası sağlıklı, ayakkabı boyacılığı yapmıyorlar da biz böyle perişanız?" derdim.

Ama sonra o sırlı adamı hatırlayınca az da olsa ferahlardım. Çünkü o darda ve zorda kaldığımızda gelip yardım elini uzatıyordu.

Rahmetli annem "Sakın bu adamdan kimseye bahsetmeyin. O Allah'ın çok iyi bir kulu. Bize yardım ediyor. Eğer bunu başkasına anlatırsanız, bir daha gelmez" diyerek bizi sık sık uyarırdı.

Eve o Allah'ın iyi bir kuluydu. Ama kimdi? Neciydi? Niçin bize yardım ediyordu? Neden çok az konuşuyordu? O eli yüzü pırıl pırıl nurlarla dolu adam sanki bu dünyada yaşamıyordu. Peki, nereden geliyordu? Bütün bu ve benzeri sorular, kafamın içinde her an zıplar dururdu.

ÜÇÜNCÜ BÖLÜM

Kardeşimi Arabayla Ezip Öldürdüler

Ben ilkokulu bitirmiştim. Kardeşlerimden birisi beşe, diğeri dörde, en küçüğümüz de üçe geçmişti.

Benden iki yaş küçük olan dördüncü sınıftaki kardeşimle birlikte işe çıkmıştık. Ben ayakkabı boyuyordum; o da yanımda simit satıyordu. Bulunduğumuz yer bir parkın kenarıydı; ana yolun yanı başındaydık. Yol ile park arasında kaldırım yoktu.

Ben boya sandığımı kardeşime bıraktım, az ileride olan tuvalete gittim. Tuvalette de çok kalmadım; on veya on beş dakika...

Döndüm ki ne göreyim! Bizim oturduğumuz yeri çevredeki insanlar doldurmuş, müthiş bir kalabalık oluşmuş. Bir kısım insanlar da oraya doğru koşuyorlar.

Manzarayı görünce felaketin bütün detayını yaşamış gibi içim "hop" etti. Can havliyle ve büyük bir panik içinde kendimi kalabalığın içine attım. Kardeşim yerde kanlar içinde yatıyordu, simitler sağa-sola saçılmıştı. Boya sandığı ezilmişti. Ne olduğunu anlayamadan kardeşimin üstüne atıldım.

Beni tutmak isteyen insanlara karşı:

"Bırakın o benim kardeşim" diye bağırıyordum.

Hayatımda ilk kez "çaresizliğin, kimsesizliğin" ne demek olduğunu orada anladım. Meğer daha önceki hissettiklerim bunun yanında bir hiçmiş.

İnsanlar, "Götürelim, çocuk daha canlı, yaşıyor!" diye bağırıyorlardı, ama bir araba bulunmadı ki atılıp hastaneye götürülsün. Zaten çok da sürmedi, kardeşim henüz on yaşındayken hayata veda etmişti. Belki de daha büyük acılar yaşamadan kurtuldu. Zavallı kardeşimin avucunda birkaç lira para varmış. Öldüğünde onu avucundan zor almıştık. Elini sıkmış, avucuna sıkıştırmıştı. Çünkü o bizim ekmek paramızdı.

Ama olayın oluş biçimi, benim içimdeki yargıyı öyle kanattı, kinimi öyle artırdı ve içimi o kadar çok intikam duygularıyla doldurdu ki o anda, hemen o anda kararımı vermiştim.

"Bütün düşmanlarımı tek tek temizleyeceğim. Artık ölüm benim için hiçbir anlam ifade etmiyordu. Çünkü yüreğimdeki ateş beni öyle bir kavuruyordu ki aynı zamanda düşmanlarımı yakmak ve kül etmek için sabırsızlanıyordum."

Çevredeki insanların anlattığına göre Ford bir taksi gelmiş, çocuğa çarpmış, sonra da durmadan gitmiş. Hâlbuki bulunduğu yer öyle çok yol üstü değildi. Ama arada kaldırım olmadığı için taksinin rahatlıkla çıkabileceği bir yerdi.

Ortada kasıt olduğu apaçıktı. Bir kere orası kullanılan bir istikamet değildi. Arabaların yanlışlıkla girebileceği ve bir kazaya sebep olacakları bir yer değildi.

Bu işin kaza olmadığı ortadaydı. O hain, o vicdansız herifler aslında ikimizi birden hedef seçmişlerdi. Ama benim o anda orada olmayışımdan dolayı kardeşim kurban gitti.

Kardeşimle birbirimizi çok severdik. Asla birbirimizden ayrılmazdık. Çoğu kez beraber ağladık, beraber aç yattık ve sokak serserilerinden beraber dayak yedik. Çocukluğu benim gibi çilelerle geçmişti.

Kardeşimi canice arabanın altında ezenler apaçık biliniyordu. Bizlerin büyüyüp kendilerine rakip olmamamız ve intikamımızı almamamız için çocuk yaştan katletme yolunu seçmişlerdi. Bunlar ya eski düşmanlarımız ya da babamı hunharca öldürten Topal Hamdi'nin adamlarıydı. Bunların her ikisi de bizlerin büyüyüp serpilmemize, geçmişteki defterleri yoklamamıza asla müsaade etmeyeceklerdi.

Kardeşimi katletmeleri, beni ve diğer kardeşlerimi de öldürecekleri anlamına geliyordu. Bunu yapmak için de ellerinden geleni esirgemeyeceklerdi.

Annemin Yıkılışı

Kardeşimin parçalanışı ve ezilmiş cesedi, evimize götürülmüştü. Babam nasıl usta bir kasap eliyle doğranmıştı ve cesedi lime limeydi; sanki kardeşimin minik bedeni de aynı acımasızlığa uğramıştı.

Bu acıya dayanmak mümkün müydü? İsyan etmemek çok zordu. Böyle bir keder karşısında ne teselli edebilirdi bizi!

Ah, canım annem ah!.. Kahroldu, kendini tüketti, mahvetti. Zaten bitmiş, mahvolmuştu, bu olay onu iyice heder etti. Sonunda kendinden geçti. Hâlâ annemin feryadını ve yaptığı ağıtı bir ateş acısı gibi içimde duyarım. Kafasını ve dizlerini döve döve kaç defa baygınlık geçirmişti. Âdeta bir kuru odun gibi tutuşup yanan annemin o dayanılmaz feryadı ve acısı karşısında bizler de kendimizi bitiriyorduk. Özellikle de kız kardeşimizi bir türlü cenazeden ayıramıyorlardı.

O gece evimizde parçalanmış bir ceset, kendisini heder eden bir anne, ne yapacağını bilemeyen üç çocuk vardı. Tam bir kıyamet azabı içindeydik.

Yaşlı ev sahibimiz dışında tek bir Allah'ın kulu kapımızı açıp derdimize ortak olmuyordu. Bizi teselli edecek, bize destek olacak kimsemiz yoktu. Koca şehrin göbeğinde kendi acımızla baş başaydık. İçimdeki isyanı tarif edemem. Yüreğimdeki kin ve ateş çıksa eminim ki bulunduğum yeri kül ederdi.

Ne yapacaktık Allah'ım? Çok çaresizdik. Bir tarafta ölmek üzere olan annem, diğer yanda parçalanmış bir ceset, talihsiz kardeşlerim...

Dua ediyordum: "Bunaldık, yardım et, gör bizi. Çok çaresiz kaldık."

Küçük kalbimde bir taraftan intikam ateşleri alev alev tutuşuyordu bir taraftan da Allah'a yalvarıp imdat istiyordum.

Ortada yatan cenazenin başında, neredeyse bizler de birer birer ölmek üzereyken kapı açıldı, ev sahibimiz girdi içeri arkasından da o adam...

Evet, o adam yeniden göründü. En zor, en dar anlarda kapımızı çalan, o Allah dostu, o iyi kimse ve o bilinmez sır...

O adam girince sanki evimizin içine bir anda güneş doğdu. Yanan yüreklerimize inanılmaz bir su serpildi, bütün dünya arkamızda ve yanımızda gibi bir güç, bir teselli bulduk.

Pırıl pırıldı yüzü. Tarif edilmez bir tatlılık vardı onda. İnsanın içini rahatlatan, bütün keder bulutlarını dağıtan bir görünüşü vardı. Rahmetli annem bu bilinen adamı görünce kalktı ve yer gösterdi. Sanki o bitmiş ve tükenmiş anneme bir anda can gelmişti.

Oturmadı, ayakta bizleri süzdü:

"Üzülmeyin, dedi. Çocuğunuz cennetlik oldu, ahiretini kurtardı. Belki bu dünyada yüzlerce yıl saltanat sürseydi bu makamı elde edemezdi. Şimdi o en mesut, en bahtiyar anlarını yaşıyor. Sizlere de şefaatçi olacak.

Allah ne yaparsa binlerce hikmetle yapar. O asla kuluna zulmetmez. Görünüşte şer gibi olan bir hadisenin sonuçları çok hayırlı olur.

Allah'a isyan etmeyin, sabredin, hamd edin. O'na dayanın, O'na sığının. O kendine sığınan kullarına hem dünyada hem de ahirette en büyük mükâfatı verir.

Biz yalnızız, diye üzülmeyin. Sizin en büyük dostunuz Allah'tır. En iyi arkadaşınız meleklerdir. Bundan daha büyük bir zenginlik olur mu?"

Uzattı elini, başımda gezdirdi. Her dokunuşunda müthiş bir haz ve lezzet alıyordum ve içim rahatlıyordu.

Çıktı.

Biz öylece ayakta kalakaldık.

Sonra ev sahibi geldi.

– Kim bu zat, diye sordu.

Annem:

– Birlikte geldiniz ya, dedi.

– Yok, ben tanımıyorum. Evin önünde sizi sordu, ben de buraya getirdim.

– Bizi buraya getiren, yerleştiren adam, o işte...

Ev sahibimizin gözleri bir anda açıldı.

– Tahmin etmiştim. Boş bir insan değil bu. E!.. Allah darda kalan kullarına mutlaka bir "bilinmeyen bir yardımcı" gönderir. Yeter ki O'na kullukta kusur etmeyelim.

O adam, tutuşan yüreğimize su serpmişti de biz de kendimize geldik.

Ertesi gün kardeşimi defnedecektik. Sağ olsun ev sahibimiz her şeyi o yapıyordu.

Artık kardeşimin mezarı, benim en çok uğradığım yerdi. Her gittiğimde başında yemin ederdim.

"Senin intikamını mutlaka alacağım. Ya alacağım ya da bu uğurda öleceğim."

Peşimizi Bırakmıyorlar

Hayatın bu dayanılmaz cenderesinde boğuşmaya devam ediyorduk. Her doğan gün ayrı bir çileyle doğuyor, her batan gün de başka bir dertle bitiyordu.

Ben ve benden iki yaş küçük kardeşim okulu bitirdik. İki yıl birlikte simit sattık, ayakkabı boyacılığı yaptık. En küçüğümüz olan kız kardeşim de okulu bitirmişti.

Bu arada bir kez evimiz yandı, annem güçlükle ölümden kurtuldu. Zaten evin içinde pek bir eşya yoktu; ama olan da yanmıştı. Tabii ki yine onlardı bu işi yapanlar. Allah binlerce kere razı olsun, yine imdadımıza ev sahibimiz yetişti. Evi yeniden tamir etti, üç-beş eski eşya buldu, bizi yeniden oturttu.

Birkaç kez üzerimize araba sürüldü. Bir kez de zehirlendik. Yani ölüm etrafımızda kol geziyordu. Düşmanlarımızın bizi yaşatmamak için ellerinden geleni yapıyorlardı. Artık bizler de büyümüştük ve her işin farkındaydık. Ben kendime bir tabanca bulmuştum. Kardeşlerim de bıçak taşıyorlardı. Yani gün geçtikçe sokak yasalarına uymaya başlamıştık. Bu arada içki ve sigara da yavaş yavaş kanımıza işliyordu. Bu gidiş sokak kabadayılığına doğru ilerliyordu. Saf ve temiz hayatımız, sokakların pisliğine bulaşmış, bir bilinmeze doğru sürükleniyordu.

Sakat Kaldım

Çevremizde hep kötü insanlar yoktu tabii. Allah iyi insanlarla da karşılaştırıyordu. Bunların içinde çok değerli şahsiyetler de vardı. Gerçekten bize yardım etmek için çırpınanlar oldu; hatta ilkokulu bitirdiğim yıl beni ve kardeşlerimi *Yetiş-*

tirme Yurduna verdiler. Yapamadık orada. Çünkü annem hastaydı. Biz ondan ayrı kalamadık. Küçüktük yaramazlık yapıyorduk. Orada dikiş tutturamadık. Zaten yurtta bir hırsızlık olayına karışmıştım. O da bahane oldu ve bizi yurttan attılar.

Bize yardım etmek için yaklaşan insanlar içinde art niyetli olanlar da vardı. Kaç kez bizi kötü amaçlarında kullanmak istediler. Evimize girip bize ve anneme kötülük yapmak istediler.

İnsan, toplumda yalnız kalmaya görsün. Hemen etrafında kötü niyetli insanlar bitiveriyor.

Artık üç kardeş kalmıştık. Hayatın dayanılmazlığına karşı koymaya çalışıyorduk. Kız kardeşim, evde anneme bakıyor, ben de erkek kardeşlerimle aç kalmamak için mücadele veriyorduk.

Delikanlılığa yavaş yavaş adım attığımız günlerdi. Biz de varız, demeye başlamıştık. İki kardeş, kavgalara giriyorduk, emsallerimiz içinde gözü pek olarak tanınmaya başlamıştık. Annem bu durumumuzdan çok endişeleniyordu, başımıza bir şey gelir diye korkuyordu.

Sabah işe, tabanca ve bıçakla çıkıyorduk. Yani kendimizi hem düşmanlarımıza karşı koruduğumuzu düşünüyorduk hem de genç olmanın havasını yaşamak istiyorduk.

Küçük bir araba yaptırdık. Dört tekerlekli, üzeri camlı... Biz buna "vitrin araba" derdik. İçine simit, börek, tatlı gibi yiyecekler koyar, sokak sokak dolaşır, onları satardık. Birbirimize destek olalım, diye de ayrı iş yapmıyor, hep birlikte dolaşıyorduk.

O sabah kardeşimle birlikte yol kenarında "vitrin araba"yı sürerek ilerliyorduk. Bir taraftan da:

"Simitçi! Börekçi! Tatlıcı!" diye de bağırıyorduk.

Yolun sağ tarafında ve kenarında ilerlediğimiz için arkadan gelen arabaları göremiyorduk; fakat herhangi bir ihanete kurban gitmeyelim diye de sürekli arkamızı kolluyorduk. Demek ki iyi bakamamışız.

Bir gümbürtü duydum. Bir şey beni çok uzaklara fırlattı. Sonrasını hatırlamıyorum. Gözlerimi açtığımda bir hastanenin acil servisinde buldum kendimi. Karşımda ise kardeşim, iki gözü iki çeşme:

"Abi, aç gözünü, abi" diye çırpınıyordu.

Baktım kardeşim sağ. Birkaç sıyrıkla atlatmış.

"Allah'a şükür" dedim ve sarıldık birbirimize.

Bize arkadan çarpan araba, kardeşime tam vuramamış. Allah korumuş, beni de uzağa fırlatmış, ama çok şükür ucuz kurtulduk. Yalnızca sol ayağım birkaç yerinden kırılmış. Bin bir güçlükle yaptırdığımız "vitrin araba"mız da parçalanmış tabii ki.

Arabayı biz göremedik; ama görenlerden öğrendik. Yine onlardı tabii ki... Ya eski düşmanlar ya da Topal Hamdi'nin köpekleri...

Bizim için çok acı günler başlamıştı. Doktorlar iyi bakamamışlar, uzun süre ayağım iyi olmadı. En sonunda ise sol ayağım sakat kaldı. Bir genç için ayağı sakat olmanın acısını, onu çeken bilir. O öyle bir eziklik ki sormayın. Toplum içinde yeni filizlenen bir delikanlının ayağının sakat olması, insanı çok üzüyor çok...

O yıllarda insanlara olan güven duygumuzu tamamen yitirmiştik. Bizim iki dostumuz, iki sevenimiz vardı.

Birisi yaşlı ev sahibimiz. O da hasta bir adamdı. Ona bir şey olmasın diye hep dua ederdik. Ona bir şey olduğu an kapı dışarı edileceğimizi biliyorduk.

İkincisi de o sırlı adam. Mübarek, tanınmaz adam... En dar günlerimizde yanımızda hissettiğimiz, varlığıyla sanki bir ordu kadar bize kuvvet veren o Allah'ın iyi kulu. Bir türlü çözemediğim bilmeceydi o. Annem bazı şeyleri biliyordu, ama bize söylemiyordu.

Bizim gibi garip, kimsesiz ve yoksul insanları, Allah'ın kolladığını biliyordum. O adamın da bizlere yardım etmesi bunun içindi. Fakat gel gör ki şu düşmanlık ve ihanetler... Onun kızgınlığı, onun kini ve intikam ateşi bizi bozdu. Doğru yoldan ayırdı. Allah'a çok şükretmemiz ve O'na iyi bir kul olmamız gerektiğini biliyordum, ama hayatın pislikleri... O pislikler bize de bulaşıyor, bizi de yanlış yollara itiyordu.

Rahmetli annem bize hep şu öğüdü verirdi.

"Sakın yanlış yapmayın. Yoksa o adam bir daha gelmez. O Allah'ın bir lütfu. Allah doğru insanlara yardım eder. Siz de doğru olun ki her daraldığınızda, her bulandığınızda arkanızda Allah'ın yardımını göresiniz."

Ah, hayat ah... Bir de sen müsaade etsen. Bıraksan şu yakamızı... Doğru olacağız, ama eğriler bizi bırakmıyor ki...

Zorla Pisliğe Sürükleniyorduk

Hayatın çileleri, hayatın pislikleri, zalim düşmanlar bir türlü peşimizi bırakmıyordu.

Ne zaman işler yavaş yavaş yoluna girse o zaman bir felaketle daha karşılaşıyorduk. Tam kendimizi toparladık, artık pisliklere bulaşmayalım dediğimiz an, bir bela daha karşımıza dikiliyor, bizleri zorla yanlış yapmaya itiyordu.

Kaç kez içkiye ve sigaraya tövbeler ettik; olmadı. Yine kinimizi, hıncımızı ve öfkemizi kabartan bir olay çıkıyor ve yeniden kafayı dumanlamaya başlıyorduk. Artık akıllandık, derken yeni bir sataşma, yine bir kavga... Kendimizi karakollarda buluyorduk.

Etrafımızdaki art niyetli insanlar, mahalledeki her türlü hırsızlığı, pisliği bizim omzumuza yüklemeye çalışıyorlardı. Öyle hale gelmiştik ki yapılan iftiralardan dolayı, karakoldaki personelle her gün yüz yüze geliyorduk. Yapmadığımız suçtan dolayı hesaba çekilince de bu bizi büsbütün kötü adam olmaya itiyordu.

Kendi mahallemizde "kötü" damgası yemiştik. Her pislik bize fatura ediliyordu.

Peki, biz çok mu masum ve günahsızdık? Hayır. Bazı yanlışlıklarımız oluyordu, ama atılan iftiraları yapacak kadar da değildi. Onlar üzerimize gelmese biz kendimize çeki düzen vermek istiyorduk. Ne yazık ki buna müsaade etmiyorlardı. Yani zorla kötü insan olmaya itiliyorduk. Bu ise davranışlarımızı çok etkiliyordu.

Ah, o günler ah... Neler çekmedik ki?

Karakolda suçsuz yere yediğimiz dayağı uç uca ekleseler herhâlde dünyayı dolaşırdı. Ya mahallede "kötü" damgası yemek... Ya insanların acıyacağı yerde size dudak bükerek ve kin dolu bakışlar atması... İşte bütün bunlar beni kahrediyordu. İftiraların bin çeşidine maruz kalmıştık.

Bir eve hırsız girmiş, adamın altınlarını çalmıştı. Bunu da bize yıkmışlardı. O gece sabaha kadar dayak yedik. Kardeşimle benim feryatlarıma karakolun duvarları bile ağlamıştır. Sonra gerçek hırsızlar bulununca bizi bıraktılar. O polislerden birisi, oranın âmirine çok sert çıkmıştı.

"Sizde hiç mi vicdan yok? Her suçu bu çocuklara yıkıyorsunuz" diye bağırdı. "Yeter artık dayanamıyorum. Bu çocukları döve döve kendimden iğreniyorum, utanıyorum. Al beni bu görevden. Yoksa bırakıyorum bu işi."

Tabii onlar da haklıydı. Bir pislik işleniyor, sonra da bizi şikâyet ediyorlardı. Polis de yakamıza yapışıyordu.

Bir İftira Daha

Yine o günlerde hatırladığım ve unutamadığım bir hırsız olayı daha olmuştu. Bir eve yine hırsızlar girmiş, bir kadının bileziğini almak için kolunu kesmişlerdi. Bunu da üzerimize yıktılar.

Polisler geldi, gece uykudan kaldırdılar bizi. Kardeşimle beni feryat figan içinde götürdüler. Rahmetli annem ne kadar yalvarmıştı, ne kadar çırpınmıştı; ama kime söz geçireceksin?

Olay çok ciddiydi. Evimiz sarıldı, sonra annem ve kız kardeşim karakola getirildi. Halk yağmalamak için evimize girmişler, eşyaları dağıtmış, sağı solu yıkıp kırmışlardı.

Polisler bizi karakolda bile koruma altına aldı. Hepimizi de çok ağır sorgulardan geçirdiler. Zavallı anneme ve kız kardeşime olmadık eziyeti etmişlerdi.

Allah'tan ki hırsız başka bir eve daha girerken yakalanmış, sonra da bizi serbest bıraktılar. Fakat o olay beni çok etkiledi. İçim öylesine karardı ki herkese, her kesime, devlete, zenginlere, varlıklı insanlara, bizlere iftira atanlara öyle bir kin ve düşmanlık besliyordum ki artık beni kolay kolay kimse durduramazdı.

Hani derler ya "gözünü kan bürümüş" diye işte ben o zaman öyle bir insandım. Tek amacım vardı, düşmanlarımızı ve bize iftira atanları temizlemek.

Ev Sahibimiz Vefat Etti

Ev sahibimiz olan yaşlı adam vefat etmişti. Allah rahmet etsin, bize tam bir babalık yaptı. En zor günlerimizde bizim yanımızda oldu. Yıllarca kira almadı, üstelik bazı ihtiyaçlarımızı da karşılamıştı.

Çok edepli, çok dindar bir insandı. Evimize gelirken seslenir, biz evde olursak evimize girerdi. Hele annem yalnız olduğunda hiç eve girmezdi.

Yaşlı amca vefat ederken biz de başındaydık. İki oğlu vardı, ama yalnız yaşıyordu.

Ben böyle bir vefat ne gördüm ne de duydum. Sanki adam ölüme değil de bir tatile, bir düğüne, bayrama gidiyor gibiydi. Adam hazırlığını günler önce yapmıştı.

Evini badana ettirmiş, bütün eşyalarını temizletmiş. Alacak, verecek listesi tutmuş. O gün Cuma idi. Gusül abdesti almış. Namazdan önce Kur'an ve Cevşen okumaya başlamış.

Bütün bunları sürekli gelip geldiği hayattaki tek yakın arkadaşı olan amca anlattı. Hatta namaz kılmış, tövbe istiğfarını yapmış, üzerini değiştirip yatağa girmiş ve kıbleye dönerek diz çökmüş. Öyle bir gidiş ki saniye saniye kimlerin geldiğini, yanındaki görülmeyen insanları bir bir anlatmış.

Vefat ederken de:

"Ya Rabb'i, sana geliyorum. Huzurunda elimi boş, yüzümü kara çıkarma. Günahlarımı ve hatalarımı göz önüne serip beni utandırma" diye uzun uzun dualar etmiş.

Yanındaki arkadaşına:

"Geldiler, yolcuyum artık. Hakkını helal et" diye ruhunu teslim etmiş.

Ne harika ne güzel ne müthiş bir son değil mi? Bir insanın en büyük zenginliği bu olmalı. Versinler sana dünyayı, imansız gidip ebedî hayatı mahvettikten sonra neye yarar.

Ben şimdi anlıyorum ki en zengin insan, Rabb'i'ne imanla gidendir. Çünkü o ebedî bir Cennet ve ebedî bir huzura kavuşuyor. En fakir insan da imansız ve eli boş gidip ebedî hayatını mahvedendir. Ah insanlar bunu bir anlasa o zaman ne kötülük ne kavga ne de çirkinlikler olur.

Mezarda Görünen O Müthiş Sır

Ev sahibimiz tabutundan çıkarılıp mezara koyma hazırlığı başlayınca bir anda yüzlerce beyaz güvercin türedi. Sanki mezarın etrafı, üstü, oradaki insanların sağı solu güvercinlerle dolmuştu. Güvercinler öylesine kanat çırpıp ötüyorlardı ki herkes bu olayın şaşkınlığı içindeydi. Bu durum on dakika kadar sürdü. Üstelik bu güvercinler insanlardan da korkmuyorlardı.

İmam Efendi:

"Oturun yere" dedi. Güvercinlere dokunmayın. Bu zat çok mübarek bir insanmış. Baksanıza bu kadar mahluk uğurlamaya ve dua etmeye gelmişler yahut "Hoş geldin" demek için burada bulunuyorlar.

Esas bizi şaşkınlığa düşüren olay bundan sonra gerçekleşti. O ne müthiş bir sırdı?

Cenaze tabuttan çıkarıldı, mezara indiriliyordu. Çok iyi hatırlıyorum. İki adam mezara indi, cenazeyi mezara koymaya çalışıyorlardı. İmam efendi de onlara talimatlar veriyordu. Üç-beş kişi bizler de mezarın başında durumu izliyorduk.

Cenaze, mezara bırakıldıktan sonra yukarıya doğru kucak açmış bir şekilde iki el uzandı. Bu iki el o kadar açık bir şekilde gözüktü ki o mezardaki iki insan korkup mezarın dışına kaçtılar.

İmam Efendi:

"Allahu Ekber, Allahu Ekber" diye heyecanla bağırmaya başladı. "Korkmayın.. Allah'ın açık bir rahmetine şahit oluyoruz. Bu mübarek zata kucak açıyorlar. Ne var bunda? Niçin korkuyorsunuz?"

Korkmamak, paniklememek ne mümkün? Mezarın başındaki herkes müthiş bir heyecana kapıldı. Sanki hepimiz de şoka girmiştik.

Bu olay beni çok derinden etkiledi. Bugün hâlâ tesiri devam eder. Birçok insan buna inanmadı. İnanmasınlar. Ben gördüm. Bu olayı yanımızda bulunan herkes gördü. Zaten mezarın başında hoca efendiden başka birkaç kişi vardı.

İyi insanların, hayatında iyilik yapanların, Allah'ı bilip mazluma, kimsesize yardım edenlerin sonu böyleydi. Sanki ahirette ne gibi bir huzura kavuşacağı, daha şimdiden ayan meyan gözüküyordu.

Ah, o iyi insanlar ah!.. Onlar bu toplumun rahmet vesilesi. Onlar olmasa herhâlde Mevla'm bu kötü insanlara daha fazla müsaade etmez, kıyameti koparır, dünyayı yıkardı. İnanıyorum ki bu ahlakı güzel insanlar olmasa mazlum ve dertli olanlar, daha beter çileler çeker, daha beter feryat figan ederlerdi. Allah iyi insanların sayısını artırsın.

Evden Atılacaktık

Hayatımızda en büyük destekçimiz, en zor anlarda bizlerin yanında olan, maddî ve manevî her fedakârlığı yapan yaşlı amcayı, ebedî âlemine, Cennete ve huzura uğurlamıştık. Bizim için ise çileler dolu hayat devam ediyordu hm de daha da zorlaşarak. Onun desteği olmadan dertlerimizin ikiye-üçe katlanacağı belliydi. Nitekim öyle de oldu.

Yaşlı amcanın hayatta yanına hiç uğramayan hayırsız yakınları, cenazesine bile gelmeye tenezzül etmeyen bu adamlar, öldüğünü öğrenince evine koşup geldiler. Birer hazine avcısı gibi evin altını üstüne getirdiler. Güya rahmetlinin gizli hazinelerine ulaşmak istiyorlardı. Evindeki üç-beş eşyayı pay ettiler.

Ah, hayırsız evlatlar ah!.. İnsanlar bu kadar mı vicdansız, merhametsiz olur? Sen evlat büyüt, onun uğruna dayanılmaz fedakârlığa katlan. Onlar da en zor günde seni yalnız bırakıp cenazene bile gelmesinler. Sonra da miras için birbirlerini yesinler. Bu nasıl izah edilir, bilemiyorum. Bildiğim bir şey var ki "eden bulur"; hem bu dünyada hem de ahirette...

Onlara rahmetlinin kendisi değil, paraları ve mirası lazımdı; ama rahmetli bütün bunları biliyor olmalı ki yakınlarına hiçbir şey bırakmamış ve her şeyini hayır yolunda ve Allah için dağıtmıştı.

Evini ise vefatından sonra bir hayır kurumuna bağışlamış. O kurum da bize evden çıkmamız için haber göndermişti. Ya oturduğumuz yerin kirasını verecektik ya da kendimize bir yer bulacaktık.

Sağ olsunlar bizim mağduriyetimizi anlayınca bize oturmamız için müsaade ettiler.

Melek Gençler

Evi devralan hayır sahipleri, rahmetlinin evine üç beş tane pırıl pırıl öğrenci yerleştirdiler. Hepsi de üniversitede okuyorlarmış. Hepsi de dini bütün gençlerdi.

O kadar namuslu ve edepli çocuklardı ki başlarını kaldırıp etrafa bakmıyorlardı bile. Günah işleriz diye kendilerini sakınıyorlardı.

Bir taraftan sokakları dolduran eli kanlı, kalbi kararmış, her türlü pisliğe bulaşmış gençler, diğer yandan da sanki Cennet hayatı yaşayan nur gibi çocuklar...

Zaman zaman bizleri de yanlarına çağırırlardı. O kadar alçak gönüllü, sevecen insanlardı ki derhâl onların büyüsüne kapılmıştık.

Onlar bizden daha büyük, daha tahsilli oldukları halde, bizlere yemek ve çay ikram ederler, kitap okurlar ve sohbet ederlerdi. Oraya gidince içimiz rahatlar, hayatın boğucu havasından uzaklaşır ve tatlı bir huzur duyardık.

Onlar sanki bu hayatın pisliklerinde yaşayan çocuklar değil de Cennette yaşayan "Melek Gençler"di.

Namazımızı birlikte kılardık. Namazın sonunda da çok tatlı bir sedayla ve herkesin iştirak etmesiyle koro halinde tesbihat yapardık. Öyle etkilerdi ki beni. O güzel sesler, ruhumuzu paklardı âdeta.

Namazın sonunda *Risale-i Nur* kitaplarından sohbetler ederlerdi. Seçilen konular tam bizim derdimize çare olur nitelikteydi.

Benim için en büyük sürpriz de zaman zaman bizim kapımızı çalan ve bizi zorluklardan kurtaran o "sır adam"ın, anneme "Oku, bu çok tesirli bir duadır! İnşallah şifa bulursun" dediği *Cevşen*'in o gençlerde de bulunmasıydı.

O gençlerle daha fazla birlikte olsaydık inanıyorum ki hayatın pisliklerinden kurtulur, doğru düzgün insanlar olurduk; fakat o fırsatı kaçırdık. Tabii ki bizim ihmalimiz ve hatamız yüzünden.

Bizi hayatın çirkinlikleri ve yanlışlıkları bir türlü bırakmıyordu ki gözümüzün önünü görelim. İçimizde yanan intikam ateşi, etrafımızdaki ayak oyunları, insanların birbirlerine olan ihanetleri ruhumuzda temiz ve pak bir yer bırakmıyordu. Daha da kötüsü, yaşadığımız acı ve elem dolu olaylar...

Kendimizi o pisliklerin içinden bir türlü kurtaramıyor, onlarla mücadele etmek için onlar gibi yaşamak zorunda kalıyorduk.

O günlerde karşılaştığımız bir olay, kalbimizde yavaş yavaş gerçekleşen iman, inanç ve güzel duyguları silip süpürmüştü.

Mahallemizde yine bir eve girmişler, evin genç hanımına tecavüz etmişler, altınlarını da alıp gitmişler.

Yine hedef biz olduk tabii. Karakola çektiler bizi. Sabahladık. Hiç tanımadığımız bir genç:

"Bu işi bunlar yaptılar, ben evden onları çıkarken gördüm" diye diretiyordu.

Ne kadar dayak yedik anlatamam. İç organlarım bile o kadar zedelenmişti ki idrarımdan bile kan geliyordu. Dişlerim, ağzım, dudaklarım paramparçaydı. Sırtımdaki morluklar aylarca geçmedi. Aynı işkenceye kardeşimi de kattılar.

Büyük Allah'ım imdadımıza yetişti de kurtulduk.

Meğer bu işi yapan "Bunlar yaptı, gördüm" diyen gençmiş.

Bu nasıl adaletti. Suçlu olmadığımız halde işkenceye maruz kalmıştık. Nasıl kin duymayacaktık? Kimsesizi ezen insanlara karşı güzel duygular beslememiz imkânsızdı artık. Ruhumda, kalbimde ne kadar iyilik ve güzellik varsa hepsi de silinip gitmişti. Tam bir isyan içindeydik.

İntikam listemde o genç de vardı, artık. Düşmanlarım üçlenmişti.

Zaman zaman komşumuz olan o pırıl pırıl gençler bizi davet ettiklerinde, onlara bile kin ve nefretle bakar olmuştuk; sanki bize bu işkenceyi o insanlar yapmış gibi. Yani tüm güzelliklerle ilişkilerimizi koparmıştık.

DÖRDÜNCÜ BÖLÜM

Hayatımın En Büyük Acısı

Yaşadığımız acılar bitmiyordu. Maalesef bir felaketin, bir dehşetin ve bir vahşetin başlangıcındaydık. Bizi bir tufan, öyle yakıcı bir fırtına bekliyordu ki hayatımız tam anlamıyla darmadağın olacaktı.

Kardeşimle birlikte yediğimiz dayakların ve aldığımız dayanılmaz darbelerin ağrısı ve sızısı geçmişti ki olan oldu.

Akşam kardeşimle birlikte işten dönmüştük. Yataktan kalkamayacak durumdaki annem, sürüne sürüne kapının önüne gelmiş, inleyip duruyordu. Gözlerinde derin bir endişe ile yüzü korkuyla gerilmiş bir vaziyetteydi.

– Anne ne oldu? Niçin buradasın, diye sordum.

Benim ilk aklıma gelen yine evimizin düşmanlarımız tarafından basılma korkusuydu.

Ama annem hiç aklıma gelmeyen, gelmesi bile içimizde kıyametler koparan o dehşetin sanki ilk haberlerini söyleyiverdi.

– Bacınız yoktur oğlum, diye korkuyla bağırdı.

Sanki bu söz beynimin içine bir bomba gibi düşüp başımın her parçasını kilometrelerce sağa sola saçmış gibi beni dehşet ve şoka soktu.

Bir kelime bile söylemeden olduğum yere oturuverdim. Âdeta bütün acılar birleşmiş, içime bir kor gibi düşmüştü. Hani derler ya "Beynimden bir şimşek girdi, ayaklarımdan çıktı" diye, aynen öyle işte... Bir anda tüm giysilerim sırılsıklam olup terle yıkandı.

"Eyvah" dedim kendi içimden. "Bu düşmanlar bacımı da yiyecekler."

Allah korusun öyle bir şey olursa benim için hayatın tümü zehir olur, kararır ve mahvolur. Tek yol kalır; ya ölmek ya da öldürmek.

Öylesine kendi dünyamda müthiş bir hesaplaşmaya düşmüştüm ki annemin:

– Oğlum, oğlum ne oldu? Bana bak oğlum, diye kolumdan tutup sallamasını bile çok sonra duyabilmiştim.

Nihayet kendimi toparladım:

– Ne zaman çıktı anne, diye sordum.

– Öğleyin oğlum. Bakkala ekmek almaya gitmişti.

Kardeşimi evde bıraktım ve ben fırladım dışarıya. İlk uğradığım yer bakkal oldu.

Evet, öğleyin bakkaldan ekmek almış ve hiç durmadan da dönmüş. Zaten evle bakkal arası 100-150 metrelik bir yer.

Karakola Koştum

Ben telaşla bakkaldan çıktım. Koşar adım, karakola gittim. Karakolda herkes beni tanıdığı için bir anda karşılarında görünce şaşırdılar.

Komiser:

– Hayrola, dedi. Sen buraya kendi ayağınla gelmezdin. Seni biz arayıp bulurduk. Bunun sebebi nedir?

Daha benim cevabımı dinlemeden yüzümdeki korku ve telaşı görmüş olacak ki:

– Bir şey mi oldu, iyi değilsin sen, dedi.

Kendimi komiserin ayaklarına attım. Beni döven, hapseden, olmadık eziyetler eden, benim korkulu rüyam olan komiserden imdat bekliyordum.

– Bacımı kaçırdılar, dedim. Ne olur bulun onu. Ona bir kötülük edecekler. Ben o zaman ölürüm, yaşayamam, bize yardım edin.

Belki de beni onlarca kez yakalayıp sabahlara kadar dayaklar atan; bu yüzden de benim için bir düşmana dönüşen komiser, bu defa bana yardım edecekti. Feryadım karşısında o da şok olmuştu. Tuttu beni oturttu ve su getirdi, kolonya döktü. Beni sakinleştirmeye ve teselliye çalıştı.

– Korkma, dedi. Biz hayatımızı vatandaş huzuruna adamışız. Senin kız kardeşin benim de manevî kardeşim sayılır. Onu bulmak için gereken yapılacaktır. Toplumun huzurunu korumak uğruna dün sana yaptıklarımı, bugün de kız kardeşini kaçıranlar için yapacağımdan emin ol.

Gerçekten de dediğini yaptı. Beni ve evimizi önce koruma altına aldılar. Bizi iki polis yalnız bırakmadı. Diğerleri de aramaya devam etti.

Dayanılmaz Bekleyiş

Evimizde, bir insanın kaldıramayacağı, dayanamayacağı kadar bir azap vardı. Tam bir işkence çekiyorduk. Kimin ne yaptığı, kimin ne dediği belli değildi.

Annem gözlerimin önünde, üzüntüden eriyordu. O, "Ah", "Vah" ettikçe ağzından çıkan soluk, ateş gibi yayılıyordu. Anne yüreği, bu acıya dayanabilir miydi? Onun kalbinin tutuşup yandığı belliydi. Kendi dayanılmaz hastalığını bir tarafa koymuş, kardeşimin acısıyla korlar içinde kıvranıyordu.

Ben ise başımı duvarlara vura vura kafamı kaç yerinden kırmıştım, bilmiyorum. Polis, bir taraftan erkek kardeşimi, bir taraftan da beni yatıştırmaya çalışıyorlardı.

O gece böyle geçti; yakarak, yıkarak, bitirerek...

Haber ikinci gün öğlene doğru gelmişti. Ah o haberi duymamak, kardeşimi o halde görmemek için neleri feda etmezdim... Ne yazık ki hayat, bu kederi de yaşattı bana.

Kardeşimi bir inşaatın köhne çukuruna atmışlar. Elleri arkadan bağlı, ağzı sarılmış vaziyette... Biz kimsenin namusuna göz dikmemişken benim kardeşimi kirlettiler. Öyle hunharca katletmişler ki başı parçalanmış, göğüsleri kanlar içinde kalmış. Bunu ancak canavar ruhlu bir hayvan yapabilirdi. Bir insanın bu vahşeti yapması mümkün değil...

Düşmanlığın da bir edebi vardır. Bir insanı erkek gibi öldürürsün. Ölümün de öldürmenin de bir şerefi ve namusu olmalı... Elbette ki ölüm hoş değil; ama hadiseler o yöne doğru itince başka çare kalmıyor... Töreler zorlayabiliyor. Yine de bir insan, insanca ölümü hak ediyor; bu şekilde hunharca değil.

Hele karşındaki gencecik, masum bir kız çocuğu ise... Bunu hangi vicdan, hangi akıl yapabilir?

Bu vahşete dayanmak mümkün değildi. Bunu yapanlardan nasıl intikam almayacaktık? Bu işkencenin kendi kardeşine yapıldığını gören bir insanda akıl kalır mı? Düşünebilir mi? Ne yapalım bir kere oldu, bari ben elimi kana bulamayayım diyebilir mi?

Belki de demek lazım; adalete ve mahkemeye güvenerek... Ama hayatı acılarla geçmiş, sahipsiz kalmış insanların aklıselim ile hareket etmeleri mümkün değil. Üstelik o yaşlarda delikanlıysanız hiç şansınız yok.

Ok yaydan çıkmıştı artık. O anda ölüm bizim için düğün ve bayramdı. Yapan kim? Resmiyette belli değildi; fakat bizce malum...

Kardeşimin gaddarca katledilişi, annemin yüreğinde kapanmaz yaralar açtı. Büsbütün gücünü tüketti. Hayatta kalacak kadar dermanı yoktu. Öyle ki her anı, her saniyesi tam bir ıstıraptı.

Kardeşimi mezara koyarken mezara atladım.

"Beni de koyun, benim de üzerimi kapatın. Beni de öldürün, beni ondan ayırmayın" diye feryat ettim. Dayanmak yahut sabır... Bu iki kelime artık çok uzaklardaydı...

Vücudunu öyle insafsızca ezmişlerdi ki kanı bir türlü durmamış; hatta kefenden sızmıştı.

Ah, çileli bacım ah... Bir gün görmeden, genç kızlığını yaşamadan, tozpembe hayallere dalamadan, gülemeden, göçüp gitti. Belki de günahlara, kirlere bulaşmadan kurtuldu. Ama bu şekilde gidişi dayanılacak gibi değildi. Anımsadıkça o anları hâlâ ürperiyorum, hâlâ hazmedemiyorum. İçimde yanan ateş, yüreğimi kavurmaya devam ediyor.

Doğrusunu söylemek gerekirse, bizim acımızı paylaşan ve bizi yalnız bırakmayan tek insan, komiser oldu. Onu hep düşman olarak tanımıştım. Oysa bu sefer, bize gerçek dostluğu ve insanlığı gösterdi.

Ah, Annem Ah!..

Annem çok zor bir hayattan geçmişti. Hâlâ acıları devam ediyordu. Bunca acıya rağmen onun hayatta kalması da ayrı bir mucizeydi. Ama çekecek çilesi, dolduracak acıları henüz bitmemişti

Öyle bir hayattan geliyordu ki annem, kederlerin bin türlüsünü, dertlerin her çeşidini, yoksulluğun ve garipliğin bütün çilesini çekti. Yine de isyan etmedi, Allah'ına iyi bir kul olmaya çalıştı. Bunca ıstıraplara rağmen imanı ve inancı bozmamak çok büyük bir olgunluktu.

Kardeşim ölümünün üzerinden beş-altı ay gibi bir zaman geçmişti. Ramazan ayının sonuna gelmiştik. Annem bu hayattaki son günlerini yaşıyordu. Artık ölüm döşeğindeydi.

Biz ise kardeşimin katilleri peşinde gece gündüz bir dedektif gibi çalışıyorduk. Nihayet önemli bir ipucu bulmuştuk. Kız kardeşimin katillerinin, babamın cellatlarıyla aynı olduğu anlaşılıyordu. Babam bir namus suçundan öldürülmüştü. Onlar da bunun intikamını almışlardı. Başında ise "Topal Hamdi" vardı. Hedef belliydi. Elimizi çabuk tutup onlar bizi temizlemeden biz onları temizlemeliydik.

Kardeşimle kafa kafaya verdik. Bu işin ayrıntısı üzerinde fikir oluşturmaya başladık. Bunu yapmak için iyi bir silah, belki de bir araba gerekliydi. Yanımıza birkaç kişi daha bulmalıydık. Bütün bunlar ise önemli miktarda para gerektiriyordu.

Bu parayı bulmak için de soygun yapmaya karar verdik. Ama annemin ağırlaşması yüzünden bu fikrimizi geçici bir süre tehir ettik.

Annem bizim neyin peşinde olduğumuzu biliyordu. Bütün gücüyle bunu engellemeye çalışıyordu. Annem üzülmesin diye de ona karşı böyle bir plan içinde olduğumuzu sezdirmiyorduk. Tabii biz bildiğimizi okuyorduk.

Ah, anneciğim ah... Bir yandan dayanılmaz hastalıklarla boğuşurken bir yandan da bizi düşünüyor, başımıza kötü bir şey gelmesinden korkuyordu.

O Sırlı Gece

Annem âdeta ölüm hazırlığına başlamıştı. Yakınımızda oturan fakir bir kadın vardı. Onu çağırdık. Annemi yolculuğa hazırladı. Evin sağını solunu düzeltti ve temizledi.

Başından hiç ayrılmamamızı istedi.

O gece mübarek bir geceydi. Ramazanın sonuna doğru Kadir gecesini ihya edecektik. Günahların affolunduğu gece, annem uzun bir yolculuğa çıkmak üzereydi. Belki de son günahlarını o gece temizleyip paklıyordu, Rabb'imize kavuşmak için...

Başucundan ayrılmıyorduk. Zaten onun gözleri çok ötelere kaymıştı, bizi görmüyordu. Bakıyordu; ama çok daha uzaklardaki ebedî dostlarını görüyordu. Konuşuyordu; ancak bizimle değil, başka kişilerle...

Konuştukça dudaklarına tatlı bir tebessüm yayılıyor, yüzü pırıl pırıl aydınlanıyor ve nurlar saçılıyordu.

Biz de hayret ve dikkat içinde annemizi izliyorduk. O gece sırlı bir geceydi. O gece yine hayatımızın önemli anlarından birisiydi.

Annem bir anda bize döndü:

– Yazın, dedi. O adam geldi. Eliyle meçhul bir işaret yaparak "Yazın!" diyor. Duymuyor musunuz? Size söylüyor.

– Kim anne? Hangi adam? Biz, bir şey görmüyoruz...

– O adam, o mübarek adam... Bizi dardan kurtaran o sırlı adam...

– Hani? Nerede? Neden biz göremiyoruz onu?

Annem gözlerini derinlere doğru çevirdi. Sanki o bilinmez ve görülmez kişiden dinlediklerini bize aktarıyordu.

– Siz günahlara bulaştınız. O adam size görünmeyecek artık. Ne zaman tövbe edip o pisliklerden çıkarsanız o zaman görünecek.

Şimdi yazın dediklerimi. İyi dinleyin uyun bu sözlere. Hadi çabuk olun. Benim vaktim daralıyor.

Kardeşim koştu kalem ve defter getirdi. Annemin söylediklerini yazmaya başladı.

1. Dost istersen Allah yeter.

2. Yârân (arkadaş) istersen Kur'an yeter.

3. Mal istersen kanaat yeter.

4. Düşman istersen nefis yeter.

5. Nasihat istersen ölüm yeter.

Çok ince, çok derin, çok güzel cümlelerdi. Bunlara uyan, hayatında bunları prensip kabul eden herkes huzuru da mutluluğu da yakalardı. Bundan hiç şüphe yoktu. Lakin bizim dünyamız öyle paramparça olmuş, kalbimiz o kadar kinle dolmuştu ki bu güzel şeyleri okuyacak, düşünecek ve uygulayacak halde değildik.

Annem aldığı mesajları bize aktardıktan sonra yavaşça doğruldu. Gözlerini çok uzaklara çevirdi. Sanki aradığını bulmuş gibi gülümsemeye başladı. Âdeta kavuşmak için ellerini uzatmak istedi. Takati yetmediği için beceremedi.

Yüzü gittikçe parlıyor, tatlılaşıyor ve nurlanıyordu. Hele dudaklarındaki tebessüm görülmeye değerdi. Belki de hayatında ilk defa böyle tebessüm vardı. Bu mutluluğu belki de ilk defa yaşıyordu.

İkimiz de annemizin yanında diz çökmüş, bütün dikkatimizle onu izliyorduk.

Bizi kanatları altında, en ağır şartlarda taşıyan bu cefakâr kadın, çektiğimiz onca çileye rağmen isyan etmemiş, Allah'a teslim olmuştu. Bir an, bu durumu düşünmek, bende müthiş bir manevî yükselişe sebep oldu. Evet, annem bir sonun eşiğindeydi. Ama bu öyle bir bitişti ki bir daha telafisi, dönüşü yoktu. Yani hayat son kozlarını oynuyordu.

Ah, ah... Biz nasıl gidecektik? Biz nasıl Mevla'mıza kavuşacaktık? O an, o son an, o ölüm anı, ya Mevla'ya uzak olursak, ya o imanı kaybedersek, düşünmek bile ürpertiyordu insanı... Bütün bunlar geçiyordu aklımdan.

Rahmetli annemin son sözleri:

"Allah, La ilahe illallah" oldu.

Oturduğu yerde, ellerini tam kaldıramasa da dua eder gibi gitti.

Dayanılmaz çilelerle bezenmiş bir hayat, nihayet noktalanmıştı. Onun dertleri bitti, sıkıntıları tükendi. O Rabb'ine kavuştu, huzura ulaştı.

Ya biz? Ya bundan sonra ne olacaktı? Ya ölümlerin peşine düşmüş olan biz ne yapacaktık?

Henüz hayatın tufanları, hayatın belaları ve hayatın zulmü bitmemişti, bizi bekliyordu.

Annemi defnettik.

İbretli Bir Rüya

Zannediyorum defninden birkaç gün sonraydı. Annemi rüyamda gördüm.

Çok güzel bir yerdeydi. Bir dağın eteğinde, güzel bir bahçe içindeydi. Etrafında tanımadığım birçok insan vardı. Kız kardeşim de annemin yanındaydı. Anneme sarıldım, beni kokladı, öptü. Ama Kız kardeşimle konuşamadım, o çok uzaklarda kaldı.

– Biz çok iyiyiz yavrum, dedi. Kardeşinle beraberiz. Hiçbir sıkıntımız yok. Hep sizlere dua ediyoruz.

– Neden kardeşim yanımıza gelmiyor, diye sordum.

– O utanıyor. Hâlâ başından geçeni unutamadı. Ama Mevla'm onu çok mükâfatlandırdı. Ona çok güzel makamlar verildi.

Başka şeyler de konuşmuştuk. Lakin benim hatırlayabildiklerim bunlardı.

Annem de kız kardeşim de mağdurdu. İnanıyorum ki Mevla'm onlara çok güzel makamlar vermiştir. Hayatı çilelerle geçen ve asla Allah'a isyankâr olmayan bu iki kul, Allah katında çok ulvî yerlerdedirler.

Bunca mesajlara, uyarıcı olaylara, bize doğruyu gösteren sebeplere rağmen biz iyi bir kul olamadık. Bir türlü yanlışların, pisliklerin içinden sıyrılamadık. Kurtulmak için çok çırpındık, çok direndik. Ne yazık ki her seferinde başka bir olay zuhur etti, yeniden niyetimizi bozup bizi çirkin yollara düşürdü, içimizin güzelliğini söküp aldı.

Hayatımı Karartan Felaket

Felaketler bitmiyordu... Her acı, her musibet, içimizde az çok kalan doğruluğu, dürüstlüğü ve inancı da söküp atıyordu. Sanki bizi zoraki pisliklere bulaştırıyordu.

Aile fertlerim bir bir gitti. Erkek kardeşimle can yoldaşı oluyorduk birbirimize. Bunu da çok gördüler bana. Onu da elimden aldılar.

Tek can yoldaşım uçup gitti.

Hayatımı tamamen karארttı bu olay. Hayattaki tek dostum, tek arkadaşım, tek yoldaşım olan kardeşim de bıraktı beni.

Kardeşimi benden koparttılar.

Annem öldükten sonra kardeşimle bir dünya kurmuştuk. İkimiz de tek bir hedefe kilitlenmiştik: Düşmanlarımızdan intikam almak. Yaşamamızın anlamı buydu. Fakat evdeki hesap, çarşıya uymadı.

Bir gün çok hastalandım ve evde kaldım. Kardeşim de işe çıktı. Ben ikindiden sonra hap almıştım. İlaç beni uyutmuş. Gözlerimi açtığımda saatin gece yarısına yaklaştığını fark ettim. Etrafıma baktım kardeşim yok.

Çok rahatsız olmama rağmen kalkıp telaşla üzerimi giyindim. Sağa sola bakındım. Gideceği yerleri aradım. Yoktu, yok... Zaten beni bırakıp herhangi bir yere gitmez veya kimseye takılmazdı. Hayatındaki en iyi arkadaşı, en yakın sırdaşı ve en büyük dert ortağı bendim. Birlikte nice badireyi atlatmıştık. Bu acılı hayatı birlikte paylaşarak ayakta durabiliyorduk.

Koştum karakola... Yine komiser bey, çok ilgilendi benimle. Aramadığımız, bakmadığımız ve sormadığımız yer kalmadı. Ne ölüsüne rastladık ne de dirisine. Gitti, gitti... Kaybettiler kardeşimi.

O günden beri kardeşimden bir haber yok... Hâlâ onun yolunu gözlüyorum. Onun hatıralarıyla yaşıyorum. O benim bir parçamdı, o benim dünyamın yarısıydı.

O benden daha ağır başlı, daha sakin ve daha akıllıydı. Çoğu zaman benim aşırıya kaçan hareketlerimi, heyecanımı ve sinirimi frenlerdi. Düşünceli ve olgundu.

Benden ayrılana kadar hayatın pisliklerine bulaşmamaya gayret etti. Her genç gibi onun da bazı hataları ve günahları olmuştur. Mümkün olduğu kadar sigara, içki ve benzeri alışkanlıklardan uzak durmaya çalışırdı. Namazlarını da zaman zaman kılardı. Benim gibi dağınık, başıboş ve hayalci değildi.

Aldılar kardeşimi.

Her günümü lanet okuyarak geçiriyorum o insanlara. Bu nasıl bir kanlı töre? İnsan öldürmekten böyle zevk alır mı?

Kimsem kalmamıştı bu dünyada. Ne çare! Hayatım zehir olmuştu bir kere...

İntikam Ateşi

Bu son olayla birlikte içimdeki intikam ateşi beni bile yakıyordu. Dur durak bilmeden, gittikçe daha çok alevlenerek bütün dünyamı kaplıyordu.

Kurbanlar sıraya dizilmişti. Aile fertlerimin hepsi de hayatını korkuyla, kanla ve dehşetle ödemişlerdi. Hepsi de düşmanların merhametsiz ve acımasız kinlerine kurban gittiler.

Babam...

İki erkek kardeşim...

Kız kardeşim...

Onlar dayanılmaz bir vahşetle öldürülmüşlerdi. Namuslu bir ölümü bile çok gördüler aileme.

Bu olaylar nasıl görmezlikten gelebilirdim? Bu acıların intikamını anlamadan içim rahat edebilir miydi?

Olmuyor, olmuyordu...

Benim için iki seçenek vardı. Ya bunları sineye çekip ölümü beklemek ya da durmadan içimi yakan bu intikam ateşini söndürmek için ölmek ve öldürmek.

Başka seçeneğim yoktu.

Ölmeye ve öldürmeye hazırdım.

Bu işi daha rahat planlamak ve gözlerden uzak bir hayat sürmek için bu şehri terk ettim ve başka bir şehre yerleştim. Saçlarımı uzattım. Bıyıklarımı kestim. Gözüme bir gözlük aldım. Kendime göre bir değişiklik yaptım. Ama değişiklik yapmadığım bir ayağım vardı. Nereye gitsem beni ele veriyordu.

O da düşmanlarımdan bana yadigârdı. Yürümeme, koşmama bir engel değildi, ama yine de sakattım ve topallayarak yürüyordum.

O günlerde aklımda iki plan vardı.

Birincisi, iyi bir soygun yapıp bol para elde etmek ve bu şekilde düşmanlarımın peşine düşüp onları temizlemek için yeterli kaynağa ulaşmak.

İkincisi de sakat ayağımı tedavi ettirip düzeltmek. Bu da gençliğimin önündeki en büyük engeldi. Bu ömrü sakat yaşayamazdım.

Bunun için harekete geçtim.

BEŞİNCİ BÖLÜM

Girdiğim Evde Yaşadığım Sürpriz

Gittiğim şehirde bir otele yerleştim. Soygun yapacağım yerleri keşfetmeye başladım. Bu işi tek başıma yapmak istiyordum. Ölsem de yalnızdım, kalsam da...

Zengin bir ev buldum. Çıkması da girmesi de kolay gözüküyordu.

Planımın bütün ayrıntılarını gözden geçirdim. En kötü ihtimal, yakalanmak olurdu veya hapse girebilirdim veyahut öldürüldüm. Bunlar hepsi de vız gelirdi bana.

Karakola yolum çok düşmüştü. Hem de işlemediğim suçlar yüzünden çokça dayak yemiştim. Sıklıkla hapse girmiştim ki âdeta sorgulama yöntemlerini ezberlemiştim. Benim için yakalanma ve hapse girme, bir şey ifade etmiyordu. Geriye kalan da zaten bir can borcu... Yaşasam ne, ölsem ne!

Evimizdeki kurbanlar, yaşadığım olayla ölümü bana çok iyi anlatmıştı. Ölüm benim için bir kurtuluştu. Zaten çoğu zaman ölüp kurtulmayı istemiştim. Öyleyse mesele yoktu.

Bir gece eve girdim. Hiç de zor olmadı. Bir anda kendimi evin içinde bulunca doğrusu biraz endişelendim. Ama elimde tabanca vardı. İlk karşıma çıkanı vurmaya hazırdım. Birkaç odaya baktım, bir şey bulamadım.

Ziynet eşyalarına ve altınlara ulaşmak için yatak odasına girip ev sahiplerini tehdit ederek bu işi bitirmeyi aklıma koymuştum. Karanlık evde bir şey görmek zordu.

Yatak odasına girdim. Gece lambası yanıyordu. Yatak boştu; ama dağınık bir vaziyetteydi. Yani benim varlığımdan haberdar olmuşlardı. Bir an tereddüt ettim. O anda enseme şiddetli bir darbe indi. Sarsıldığımı ve düştüğümü hatırlıyorum. Gözümün önü bir anda karardı ve...

Ölümü Beklerken

Gözlerimi açtığımda, bir beyle hanım başımda dikiliyorlardı. Ama ellerim ve ayaklarım bağlıydı. Adam ellerimi çözdü, oturunca kendime geldim. Üzerimdeki bıçak ve tabanca alınmıştı.

Bir ara adamla göz göze geldik. Doğrusu bu vaziyete düşmekten çok utanıyordum, aynı zamanda hayıflanıyordum da.

Allah'ın işine bakın ki adam bana o kadar sıcak, o kadar yakın davranıyordu ki şaşırmıştım.

– Niçin yaptın bu işi, diye sordu.

Adama ters ters cevaplar verip de bir an olsun beni karakola teslim etmelerini istiyordum. Daha fazla gözleri önünde küçülmek istemiyordum.

– Soygun niçin yapılır? Avantadan para kazanmak, zengin olmak, hayatı yaşamak...

– Bunun daha ahlaklı bir yolu var. Çalış ve kazan. Neden insanların huzurunu bozuyorsun?

– Hayat benim huzurumu fazlasıyla bozmuş... Biraz da siz zenginlerin huzuru bozulsun.

– Sen Allah'tan korkmuyor musun? Bu işin bir de hesabı yok mu?

– Ben öyle şeylere inanmam.

Adam durakladı, acı bir tebessümle, gözlerini gözlerime dikti.

– Biliyor musun, dedi. Hiç de yalan söylemeyi beceremiyorsun.

– Nereden biliyorsun, yalan söylediğimi, diye tersledim.

– Ben psikologum, dedi. İnsanın davranışından, konuşmasından ruh yapısını bilirim.

Dilin başka, yüz ifadelerin de başka şeyler anlatıyor.

Adam içimi okuyordu, âdeta.

– Bak, utancından kızarıyorsun ve terliyorsun. Bu işi isteyerek yapan ve Allah'ı unutan bir insan, ezilip büzülmez ve utanç duymaz.

– Hayır, sen yanlış görüyorsun.

– Yanlış değil doğru... Şu boynunda asılı olan Cevşen senin kim olduğunu çok iyi özetliyor.

Sen bu işi isteyerek değil, bilmediğim bazı hayaller uğruna yapıyorsun. Beni asla kandıramazsın.

Adam doğru söylüyordu. Doğru söylemekle kalmıyor, beni tanıyordu sanki.

Boynumdaki Cevşen de rahmetli annemin hatırasıydı. "Al oğlum bunu tak!" demişti. "Bu Cevşen seni bütün kötülüklerden ve belalardan korur."

Doğru söylemiş. Bu Cevşen beni kötülüğe düşmekten kurtarıyordu.

Adam ayaklarımı da çözdü. Beni bir masaya aldı. Az sonra da hanımı kahvaltı hazırlayıp getirdi. Üçümüz de aynı masaya oturduk.

Ben onların bu insanî davranışı karşısında eziliyor ve kahroluyordum. Bir an önce çıkıp gitmek için çırpınıyordum; ama bırakmıyorlardı.

– Kapılar ve pencereler kilitli. Bir yere gidemezsin, diyordu. Seninle konuşacaklarım var.

Korkma, seni polise teslim etmeyeceğim. Sendeki sırrı ben çözeceğim. Sen fena bir insan değilsin. İşte bunun nedenini çok merak ediyorum.

– Bırakın beni, niçin merak ediyorsun? Geldim, evinize girdim, beni yakaladınız. Gereğini yapıp bitirin şu işi. Dövüyor musunuz? Şikâyet mi ediyorsunuz? Ne yapıyorsanız yapın!

– Hayır. Biz varlıklı insanlarız. Sen ise mağdur bir insansın. Senin ihtiyaçlarını karşılamak bizim görevimizdir. Gerçek ihtiyacını anlayıp yardım etmek istiyoruz.

Allah Allah!.. Böyle insanlar da yaşıyor muydu dünyada? Adamın evine girdim, belki de canına kastedecektim. Yine de olaya iyi yönünden bakıp bana yardım etmeye çalışıyordu. Keşke bütün zenginler böyle olsa, ne suç kalır ne suçlu kalır ne de toplumda başıboş gezen tehlikeli insanlar...

Bana bir hırsız değil de bir misafir gibi davranan insanlara hatıralarımı anlatmaya başladım. Ben yaşadığım o dehşet dolu sahneleri gözyaşlarıyla anlatırken onlar da gözyaşları içinde dinliyorlardı.

Hele evin hanımı, ne kadar merhametli, şefkatli bir kadındı.

Annemi ve kız kardeşimi anlatırken dayanamadı ve hıçkırıklar içinde orayı terk etti.

Evin beyi de çok etkilenmişti, acı dolu hayatımdan...

Anlattıklarımdan eve niçin girdiğimi, ne yapmak istediğimi çok iyi anlamışlardı.

İyiliğin de Bu Kadarı

Erkek ve hanım, beni karşılarına aldılar. Bütün içtenlikleriyle beni kurtarmak ve bu pislikten çekip almak istiyorlardı.

– Allah sana bir imkân sundu, diyordu ev sahibi... Bunu çok iyi değerlendir. Bu hayatının dönüşü olsun. O pisliklere tekrar dönmemek, mutlu ve huzurlu bir hayat yaşamak için bizi çok iyi dinlemelisin ve samimiyetimize inanmalısın.

Bizim de bir oğlumuz, bir de kızımız vardı. Çok zengindik, kendimize göre gönlümüzce yaşıyor ve hayatın tadını çıkarıyorduk. Hiç ölmeyecek, hiç yaşlanmayacaktık sanki. Sürekli bu zevk ve sefa içinde günümüzü gün edeceğiz sanıyorduk; ama olmadı. Yüce Allah kendisini unutan ve başını günahlara sokan kullarına zaman zaman ibret dersleri verir ki akıllarını başlarına alsınlar diye... Galiba bizim ki de öyle oldu.

Bundan iki yıl önce, bütün aile tatilden dönerken bir kaza geçirdik. On yedi yaşındaki kızımız ve on dokuz yaşındaki oğlumuz kaza yerinde rahmetli oldular.

Biz de hanımla birlikte ağır yaralandık. Uzun bir hastalık dönemi geçirdik. Mevla'm bize şifa verdi; ama çocuklarımızı da bizden ayırdı.

Bu bizim için çok büyük bir imtihan, çok büyük bir dersti.

Yüce Allah bize şu mesajı vermişti:

"Dikkat edin, siz bu dünyaya keyif sürmek ve gününüzü gün etmek için gelmediniz. O zenginlik ve para da günahlara, kirli işlere bulaşasınız, diye verilmedi. O parada fakirin, yoksulun ve kimsesizin hakkı vardır. Bu hayat ise bir gün bitecek, büyük bir hesap başlayacak. Ona hazırlanın. Hayatınızın her an biteceğini düşünerek kulluk görevlerinizi her gün gözden geçirin. Çünkü ölüm her an size, o büyük mahkemenin önüne çıkarabilir. Peki, bu mahkemeye ne kadar hazırsınız?"

Adam doğru şeyler konuşuyordu. Zengin, dinî bütün, hayattan ders almış bu insanlar, bana yardım etmek için çırpınıyorlardı.

– Bak, dedi adam. Eğer bize kulak verirsen sana çok yardımcı oluruz. Eğer tövbe edip bu işleri bırakırsan sana istediğin imkânları veririm.

Ayağını ameliyat ettiririm. Sonra iş veririm. İnşallah mutlu bir yuvan olur. Hem sen kurtulursun hem de biz hayırlı bir iş yapmış oluruz.

Bunlar müthiş tekliflerdi. Bu fırsat kimsenin önüne çıkmazdı. Allah bana özel bir şans vermişti. Âdeta annemin duaları imdadıma geliyordu.

Bu olanağı tepmemem gerekiyordu. Eğer bu imkân tepilirse bu hayat büsbütün kararabilirdi. Bunun son fırsat olduğunu anlamıştım.

Anlamıştım da... Ah, o içimdeki intikam duygusu olmasa, kafamda o düşmanların dehşet saçan suçları bir siliniverse... Onları hafızamdan bir söküp atabilsem...

Bu mümkün müydü?

Bütün bu çelişkilere rağmen bu karı-kocanın bana yaklaşımı o kadar candan, o kadar içtendi ki beni her gün biraz daha kendilerine çekiyorlardı.

Evlerinde yakaladıkları hırsızı ağırlıyor, evlerinde yatırıp bakıyorlardı. İnanılacak şey değildi bu! Böyle bir şey ne görülmüş ne de duyulmuştur. Allah'ın ne kadar güzel kulları var. Bugüne kadar düşmanlarımız gözümüzü açtırmamıştı ki etrafımızdaki güzel şeylerin farkına varalım.

Beni bir odaya aldılar. Bana yeni yatak, yorgan ve çamaşır verdiler. Adamcağız her gün masama hatırı sayılır harçlıklar bırakıyordu. Kendime gelmem için ellerinden gelenleri yapıyorlardı.

Hele hanımın şefkati... Bana güzel yemekler yapıyor, yemem için âdeta yalvarıyordu. Sanki karşılarında evlerine giren bir cani değil, vefat eden can pareleri çocuklarıydı.

Kendimi yavaş yavaş toparlamıştım. Onların yaklaşımları, duygularımda ve düşüncelerimde etkisini gösteriyordu. Hayatım düzelmeye başlamıştı.

Başarılı bir ameliyattan sonra ayağımın sakatlığı iyi oldu. O kompleksten kurtuldum. Artık dik yürüyor ve etrafıma karşı ezilmiyordum. Adamcağız bana güzel bir iş verdi. O günün şartlarına göre iyi de para kazanıyordum. Hatta kendi işimi kurmak için beni teşvik ediyor, kendisine bağımlı ve mahcup bir hayat sürmemi istemiyordu.

Böyle mükemmel bir insanlar görülmemiştir. Sanki onlar insan değil, iki melekti. Benim için pervane oluyorlardı. Onların manevî evladı olmuştum. Beni rahmetli oğullarının yerine sevip kolluyorlardı.

Adamcağızın benim için daha yapacakları bitmemişti... Bana güzel bir ev temin edip evlendirmek istiyordu. Yuva kurmamı istiyordu.

Bütün bu güzel gelişmeler, içimdeki intikam ateşini de bir derece köreltmişti. Yaklaşık bir yıl, hayatımın en huzurlu günlerini yaşamıştım.

Kötü Bir Haber...

Rahmetli babam öldükten sonra geride üç-beş akrabamız kalmıştı. Bunlardan birisi de amcamdı. Amcam bizlerle ipleri koparmış, hiçbir şekilde bizlerle görüşmemiş, aramamış ve sormamıştı. Biz de kızdığımızdan dolayı, ona gitmemiştik. Yani bir anlamda akrabaları silmiştik.

Yıllar yılı da bu böyle oldu. En zor ve acılı günlerimizde kimse yanımızda yer almadı. Fakat amcama bir şey olması beni üzerdi. Nitekim de öyle oldu.

Bir pazar günü, memleketimizden bir arkadaşımı aradım. Benim nereye gittiğimi arkadaşlarımdan kimse bilmiyordu. Tabii ki hangi şehirden aradığımı da söylemedim.

Hal hatır sorarken:

– Sen duymadın o olayı değil mi, diye sordu.

– Hangi olayı, dedim.

– Amcana yolda yürürken bir araba çarpmış.

– Öldü mü?

– Evet, dedi.

Çok üzülmüştüm. Yeniden beynime kan fırlamıştı. Bir nebze unuttuğum o intikam duygusu tekrar alevlendi. Bu düşüncelerin uslanacağı yoktu. Yeryüzünde bizden bir kişi kalmayana kadar cinayetlere devam edecekleri belliydi. Buna bir dur, diyen olmalıydı. Bu duruma mutlaka bir çözüm bulmak gerekiyordu.

– Yeni mi oldu, diye sordum.

– Bir ay önce, dedi.

Ama işin dahası da var.

– Nedir?

– Amcan ölmeden bir gün önce evine gelmişler, seni sormuşlar. Amcan da bilmiyorum deyince çok hırpalamışlar zavallıyı.

Bunları duyunca yığılıp kaldım. İşte buna dayanamazdım. Bütün güzellikler yeniden gözümden silinmişti. Ruhum yeniden şaha kalktı, isyanlar yeniden at kuşandı, ortaya çıktı.

Böylece mutlu ve huzurlu günlerim de son bulmuş oldu.

Artık beni hiç kimse durduramazdı. Bütün bu iyi imkânlar, tatlı günler, huzurlu gelecekler ve kavuştuğum yeni hayat sıfıra indi, her şey karardı.

Biriktirdiğim bir miktar parayla gittim bir silah aldım. Kalanı da cebime harçlık olarak koydum ve kararımı verdim.

Ölüme Gidiyordum

Ben yaşayamazdım, ölüme giden bir insandım. Ölüme giden neyden korkar? Hiçbir şeyden...

Bana inanan, iyilikler, yardımlar eden, güzellikler sunan ve yeni bir dünya oluşturan o insanlara haber vermeden ayrıldım. Bu iş bir an önce bitmeliydi.

Bir şeyi çok iyi anlamıştım. Ben kendi elimle ölümü seçmiştim. Kendi elimle yepyeni, mutlu bir dünyayı yıkmıştım. Daha da önemlisi kendi elimle içimde oluşmaya başlayan güzellikleri, imanı, inancı yok etmiştim.

Yeniden bir cani, bir katil olmaya adaydım. Hatta sarhoş ve keş olma yolunda ilerliyordum. İçimdeki kin ve intikam beni her türlü kötülüğü yapmaya hazır hale getirmişti.

Bundan sonra da o Yüce Mevla'mın bana bir fırsat daha vermeyeceğini biliyordum. Bir anlamda hayatımın tüm güzelliklerinden vazgeçmiştim.

Belimde silah, kafamda binlerce düşünce, kalbimde kin, gözümde intikam yola koyuldum. Ölüme gidiyordum.

Ne olacaktı, düşmanlarımı temizleyince? İçimdeki intikam ateşi sönecek, vahşice öldürülen kurbanlarımızın öcünü alacaktım. Sonra? Sonrası çok fena...

Ya ölüm ya da ömür boyu hapishane çilesi...

Sonra da döktüğüm kanın hesabı...

Bütün bunlar çok fenaydı. Olmaması gereken, yapılmaması gereken işlerdi; ama o düşmanlar rahat bırakmıyorlardı ki. "İnsanı zorla katil ediyorlar" sözü böyle durumlar için söylenmiş olmalıydı.

Düşmanlarımın Peşindeyim

İyi bir şekilde kılık değiştirip kendimi gizledim. Düşmanlarımın peşindeydim. Beni tanımaları mümkün değildi. Ayağımın da iyi olmuş olması, işimi daha da kolaylaştırıyordu.

Beni bir kişi biliyordu. O da çocukluk arkadaşım Yıldırım'dı. Tek güveneceğim insan da o idi. Yıldırım, bana yardımcı olacak ve bilgi taşıyacaktı.

Şehrimizin en güzel oteline yerleştim. Tam bir beyefendi gibi görünüyordum. Otel yetkilileri beni bir iş adamı olarak tanımışlardı. Kendime bir de sahte kimlik çıkartmıştım. Yani artık ismen de eski ben değildim. Her şeyim değişmişti.

Arkadaşım Yıldırım, eli çabuk, gözü pek bir insandı. Her yere girip çıkıyordu. Bana her gün çok değerli bilgiler getiriyordu.

İlk düşmanlarımla ilgili gerekli bilgileri topladık. Hedefimizde üç kişi vardı. Bunlar mutlaka ortadan kaldırılmalıydı. Çünkü bunlar azılı düşmanlardı. Aile fertlerimin ölümünde bunların da parmağı vardı.

Bu üç kişiyle ilgili çalışmayı yaptık, planı hazırladık. İki gün sonra harekete geçecektik.

Harekete geçeceğimiz gece Yıldırım nefes nefese geldi.

– Allah senin elini kana bulamanı istemiyor, dedi.

– Neden, diye sordum.

Başını çok anlamlı şekilde salladı ve yüzünü buruşturdu.

– Çünkü dün hedef olarak seçtiğimiz kişilerin de içinde olduğu altı kişilik otomobil, bir düğün için gittikleri köyde kaza yapmışlar. Ölen altı kişiden üçü, hedef seçtiğimiz kişilerdi.

Gerçekten bu haber inanılmaz bir şeydi. Yüce Mevla öylesine ölçmüş, biçmişti ki bizi ipten almıştı. Hem de üçü birden...

Bu olay beni çok etkilemişti. Bir kuvvet beni hep doğru yola doğru itiyordu, ama ben bunun kıymetini bilemiyordum.

Hedefimdeki ikinci düşman da Topal Hamdi'ydi. Bu adam ünlü kabadayı, belalı bir insan ve her türlü pisliğe bulaşmış biriydi. Etrafında bir sürü köpekleri vardı. Birçok mazlum, garip, kimsesiz, bu insanın elinden çok çekmişti. Sayısız namuslar da çiğnenmiş ve kirletilmişti.

Topal Hamdi'ye yalnız ben değil, benim gibi yüzlerce insan diş biliyordu. Ama ne çare ki böyle bir adam, o kadar iyi korunuyordu ki ona ulaşmak mümkün değildi.

Öldürmeye teşebbüs eden veya böyle bir niyetinin olduğu anlaşılan kişi, ibret için vahşice öldürülüyordu.

Ben başıma gelecekleri çok iyi bildiğim halde buna kararlıydım. Çünkü ölüm benim için hiçbir şey ifade etmiyordu. Benim için ifade eden tek şey, kanlar içinde can veren kardeşlerim ve babamdı.

Bir Mucize Daha Yaşadım

Topal Hamdi için bir plan yaptık.

O, her gün gece geç saatte, ünlü bir pavyona gider, orada sabaha kadar içer ve eğlenirdi. Şeker hastası olduğu için sık sık tuvalete çıktığını öğrenmiştik. Planımız da bunun üzerine kurulmuştu. Ben doğru tuvalete gidecek, orada onu bekleyecektim. Geldiğinde de işini bitirecektim. Ondan sonra ne olursa olsun, pek umurumda değildi. En kötüsü bir ölüm olurdu. Ona da zaten dünden hazırdım.

Belirlediğim saatte, çok iyi giyinmiş bir iş adamı kimliğiyle pavyona gittim. Topal Hamdi'yi çok iyi tanıdığım için uzağında bir masa seçtim. Adamları etrafında pervane oluyorlardı. İşimin kolay olmayacağı belliydi.

Ben programı izler gözüküyordum, ama aslında gözlerim Topal Hamdi'nin üzerindeydi.

Biraz oturduktan sonra kalktım, tuvalete gittim. Tuvalet çiftli ve bir de lavabosu vardı. Ben tuvaletin birine girdim, kapıyı da hafif yarım bıraktım ki gelip gelmediğini gözleyeyim diye...

Çok sürmeden geldi. Boş olan tarafa girdi. Ben de çıktım lavaboda elimi yüzümü yıkama bahanesiyle oyalanmaya başladım. Adamları da dışarıda bekliyorlardı.

Kapısı açıldı. Tam çıkmak üzereyken elimi silahıma götürdüm. Daha tabancayı çıkarmadan "pat" diye düştü ve oraya yığıldı. Derhal adamları koşup Topal Hamdi'yi kucakladılar.

Beni de orada görünce yakaladılar.

– Sen mi yaptın, diye sorguya çektiler.

– Hayır, dedim. Ben elimi yüzümü yıkıyordum.

Tabii ki üzerimden silah çıkması, onları kuşkulandırdı. Ama herhangi bir kurşun izi, bir darp veya bir boğuşma olmadığı için bir şey diyemediler.

Polisler geldi beni de alıp götürdüler. Yine beni sorguya aldılar. Kimliğimin sahte olduğunu ortaya çıkardılar. Topal Hamdi'nin bir kalp krizinden öldüğü de anlaşılmıştı.

Beni sıkıştırıp çok eziyet ettiler. Ben de olanları olduğu gibi anlattım.

Mahkeme beni, sahte kimlik kullanmak, ruhsatsız silah taşımak ve öldürmeye teşebbüs etmek suçlarından hapse mahkûm etti.

Bana yine hapishane yolu görünmüştü.

Bu hiçbir şey değildi. Bu benim için düğün bayramdı. Elim kana bulanmadan, yağdan kıl çeker gibi harika bir şekilde saf dışı olmuştu düşmanlarım.

Hem hayatımın intikamı ve isyanı bitmişti hem de katil olmamıştım. Böylece içimdeki kin söndü. Yıllardır yüreğimi yakan ateş bitti. Sanki anadan yeni doğmuş gibi oldum. Bunun için de hapishanedeki cezama hiç aldırmıyordum.

Eğer katil olsaydım o zaman vicdanım bu kadar rahat olmazdı. Her ne kadar onlar düşmanlarsa da arkada kalan çocuklar beni çok üzerdi. Çünkü babamın ölümü, en fazla bizi etkilemişti. Kapanmaz yaralar açmıştı içimizde.

ALTINCI BÖLÜM

Hapishanedeki İlk Sürpriz

Hapishanedeydim; ama yatacağım koğuşa girince müthiş bir şok yaşadım. Hiç aklıma gelmeyen, görünce hayretler içinde kaldığım bir olaydı bu...

Yirmi kişilik koğuşta, şehrimizin dillere destan, çok ünlü kabadayısı Vampir Nuri lakaplı meşhur Nuri Er'in olduğunu gördüm.

Vampir Nuri tek başına bir devletti. Mahallesiyle, caddesiyle, sokağıyla, iş yerleriyle, korumaları ve kalabalık taraftarlarıyla yıkılmaz bir kuvveti temsil ediyordu. Ayrıca çok yönlü siyasî bağlantıları da vardı. Onu herhangi bir suçtan dolayı tutuklamak, karakola getirmek; hatta mahkûm etmek hayal bile edilemezdi. Demek ki bu memlekette adaletli polisler, savcılar ve hâkimler de varmış. Bunların varlığını bilmek, insana güven veriyordu.

Vampir Nuri'nin yapmadığı pislik, bulaşmadığı zararlı iş yoktu. Kadın ticaretinden kumarhanelere, pavyonlardan uyuşturucu ticaretine kadar her şey ondan sorulurdu. Halk deyimiyle "astığı astık, kestiği kestik" bir adamdı. Böyle ünlü bir adamla aynı koğuşta yatacak olmaktan dolayı, doğrusu paniklemiş ve çok korkmuştum. Çevresinde birkaç adamı vardı. Onlar koğuşa on gün önce gelmişler, tabii ki koğuşu da emirleri altına almışlardı. Bir anlamda hapishanede saltanat kurmaya başlamışlardı. Tabii ki böyle bir koğuşta yatmak da benim için bir ayrıcalıktı.

Vampir Nuri'ye saygı ve hürmet gösterdikten sonra mesele yoktu. Zaten bu koğuşa idare tarafından bir şey yapılması mümkün değildi. Öyle gözüküyordu ki Vampir Nuri'nin himayesini kabul eden diğer koğuşlar da huzur içinde ve korkusuzca yaşıyorlardı.

Tabii ki gittim, elini öptüm, saygı ve hürmetlerimi ilettim.

– Kimsin ulan sen, dedi. Kendine has sert ve ürkütücü sesiyle...

– İsimsiz, sıradan bir genç efendim, dedim.

– Niçin tıktılar seni buraya?

– Babamın katilini temizlediğim için...

Siyah ve büyük gözleri bir anda açıldı.

– Öyle mi, dedi. Demek cesur bir gençsin ha?

– Estağfurullah efendim, dedim. Sizin yanınızda ne haddimize, lafı mı olur?

– Seni sevdim, dedi. Akıllı olursan, söz dinlersen seni yanımdan ayırmam.

– Şeref duyarım, efendim.

İlk korku dalgası geçmişti. Orada kaldığım sürece Vampir Nuri'nin yanından ayrılmamak ve onun talimatlarını yerine getirmek zorundaydım.

Çok küfürlü, çok kaba ve çok hakaretli konuşurdu, Vampir Nuri... Vicdan, merhamet, iman ve Allah korkusu gibi hiçbir manevî tarafı yoktu.

"Benim Allah'ım (hâşâ) paradır" diyordu. Bunun için de öldürmek, mağdur durumda bırakmak ve başkasının hakkını gasp etmek, onun için sıradan şeylerdi. Eroin ticareti yaparak, gençleri zehirlemekten korkmayan; hatta ondan zevk alan bir insan, artık insanlıktan çıkmış, canavar haline gelmiş demektir. Onda vicdan, merhamet ve Allah korkusu aramak mümkün değildir.

Vampir Nuri bu koğuşta ne kadar kalır bilmiyordum; ama o kaldığı sürece beraber olmak zorundaydım. Ama şunu çok iyi biliyordum ki Vampir Nuri'yi bir an önce dışarı çıkarırlardı.

Koğuşun Nurlu Misafirleri

Vampir Nuri'nin saltanat sürdüğü korku ve endişe saçtığı koğuşa iki genç gelmişti. Onları bir gün önce boşalan ranzalara yerleştirdiler.

Bu gençlere sürpriz misafirler diyordum. Çünkü hiçbir suçluluk görüntüsü olmayan, derli toplu, pırıl pırıl iki beyefendi insan...

Hay Allah! Böylesi melek gibi iki gencin burada işi neydi?

Bu hal Vampir Nuri'nin de dikkatini çekmiş olacak ki yanına çağırdı ve sordu:

– Ulan siz hoca mısınız?

Gençler birbirlerine bakarak tebessüm ettiler.

– Hayır, dedi birisi... Biz hoca değiliz.

– Peki, oğlum, siz kimsiniz? Niçin geldiniz buraya? Görünüşünüze bakılırsa temiz, dindar gençlere benziyorsunuz.

Biraz uzun boylu olan gayet sakin ve mütebessim bir eda ile:

– Bizi buraya birkaç günlüğüne misafir olarak gönderdiler.

– Ne demek misafir olarak?

– Mahkememiz devam ediyor. Ama işlediğimiz bir suç olmadığı için yakın bir zamanda çıkarız.

Vampir Nuri bir anda celallendi.

– Oğlum, siz ne diyorsunuz? Bilmece gibi konuşmayın. Önce kendinizi, sonra da suçunuzu anlatın, bakalım.

Vampir Nuri'nin kalın kaşları, uzun ve korkulu yüzü, sert bakışları ve kızarmış gözüne bakıp paniğe kapılmamak mümkün değildi. Ama gençler öylesine sakin ve mütevazıydılar ki yüzlerinde hiçbir korku ve panik belirtisi yoktu.

Tekrar sözü uzun boylu ve tatlı simalı olan genç aldı.

– Benim adım Said. Tıp Fakültesinde okuyorum. Arkadaşımın adı da Zübeyir. O da Hukuk Fakültesinde okuyor.

Daha sözünü bitirmeden Vampir Nuri hayret dolu bir ses tonuyla araya girdi.

– Dur, oğlum dur bakalım. Şimdi sen doktor, sen de hâkim adayısın öyle mi?

Said başını salladı.

– Peki, oğlum, siz ne suç işlediniz de sizin gibi medenî ve tahsilli insanları buraya gönderdiler. Gördüğüm kadarıyla siz iyi çocuklarsınız. Şimdi çok merak ettim işlediğiniz suçu...

Vampir Nuri sigarasını şaşkınlık dolu bir telaşla içmeye devam ederken Said de çok tatlı ve sakin üslubuyla anlatmaya devam ediyordu.

– Efendim, dedi. Biz suçlu falan değiliz. Bir insana, bir hakka ve devletimizin herhangi bir yönüne dokunamayız. Çünkü inancımıza göre bizim için vatan, bayrak, devlet, her insan ve her hak kutsaldır. Onlara el sürülemez ve zarar verilemez.

Vampir Nuri'nin hayreti gittikçe artıyordu.

– Öyleyse...

– Bizim insan olarak amacımız önce kendi alanımızda başarılı bir insan olup toplumda mazlum ve kimsesiz insanlara faydalı olmak, onların duasını almaktır. Vatanın bütünlüğü ve varlığı ise gönlümüzdeki en kutsal duygudur.

Vampir Nuri, tam sinirlendi ve gür bir sesle:

– Öyleyse evladım! Sizi buraya niçin tıktılar? Bu kadar dürüst insanların burada işi ne?

Said tatlı bir gülümsemeyle soruyu cevaplamaya başladı:

– Öğrenci arkadaşlarla birlikte, hem bilgimizi artırmak hem de merak ettiğimiz sorulara cevap bulabilmek için hafta sonları bir araya gelip Kur'an tefsiri okuyorduk.

Bizim bu davranışlarımızı yanlış değerlendiren bazı görevliler "İrticaî çalışmalar yapıyorsunuz." diye bizi içeri aldılar.

Vampir Nuri'nin kaşları bir anda yay gibi gerildi:

– Hoppala! Bu devlet, şaşırmış mı yahu? Kendini bu kadar seven, bu kadar kollayan insanları neden alıp içeri tıkar. Kendi kendine kastı mı var? Devleti yıkmak için alenen çalışan insanlar ellerini kollarını sallaya sallaya gezerken bu pırıl pırıl gençleri Kur'an tefsiri okuyorsun, diye içeri alıyorlar. Olacak şey değil bu! Bunu beğenmedim. Bu çok büyük bir yanlışlık...

Said, Vampir Nuri'nin bu heyecanlı çıkışına rağmen sakinliğini koruyordu.

– Devletimiz art niyetli değil. Buna inanıyoruz. Ama devletin imkânlarını kullanan bazı görevliler, art niyetli. Bir gün bizim suçsuz olduğumuz, asıl suçluların da devleti vatandaşa karşı suçlu gösteren insanlar olduğu ortaya çıkacaktır.

Bundan dolayı devleti suçlayamayız. Ona kızamayız, hele onu zedeleyecek ve üzecek davranışta bulunamayız. Devletin yanlışları olabilir. Bu yanlışlar, zor kullanarak değil, meşru yollardan öneriler sunarak düzeltilmelidir.

Vampir Nuri çevresindekilere bağırdı.

– Getir ulan şuraya bir masa ve sandalye. Bu gençler boş insanlar değil. Oturalım da söyle ağız tadıyla sohbet edelim. Çayları da getirin. Siz de gelin de toplanın.

Vampir Nuri gençleri sevmişti. En azından onların suçsuz, temiz ve kültürlü insanlar olduklarına inanmıştı. Sonra son derece alçak gönüllü ve sevecen oluşları da ilgiyi büsbütün artırıyordu.

Biri Tıp, biri Hukuk öğrencisi olan bu iki genç, yalnız Vampir Nuri'yi değil, bizleri de etkilemişti.

Sohbet Başladı

Masa, sandalye geldi. Etrafına oturduk. Herkesin önünde çay... Vampir Nuri soruyor, gençler de cevaplıyordu.

– Yahu, siz tahsilli adamlarsınız. Bizim gibi cahil, kirli işlere bulaşmış değilsiniz. Ne yapacaksınız dini, Kur'an'ı da başınıza iş açıyorsunuz. Okuyun okulunuzu. Biriniz doktor, öbürünüz avukat olun kazanın parayı, zengin olun, keyfinize bakın. Yazık değil mi size? Bu hapishane köşelerinde sürüneceksiniz.

Bu sefer Zübeyir söz aldı.

– Eğer insan dünyaya zevk almak, keyif sürmek ve yalnızca para kazanmak için gelseydi dediğiniz doğruydu. Ama insanın varlık sebebi kendini ve kâinatı okumak, Rabb'ini tanımak ve ona kulluk etmektir.

Vampir Nuri güldü:

– Yahu, dedi. Benim bildiğim yüksek tahsil yapan gençler, gününü gün eder. Öyle din, Allah, iman gibi işlerle uğraşmaz.

Olmayan bir Allah'a inanılır mı? Bırak şu din, imanı ve kulluğu... Keyfimizce yaşayalım şu dünyada. Hani o Allah dediğiniz, ahiret dediğiniz, bilmem din, iman dediğiniz şeyler; kim görmüş bunları?

İnsan keyfince canı istediği gibi eğlenmeli, hayatının tadını çıkarmalıdır.

Vampir Nuri dinsiz, imansız bir adamdı. Bunu da her yerde söylerdi. Zaten dinsiz, imansız olmasa bunca kötü yollara düşüp insanların canlarını yakabilir miydi?

Zübeyir, Vampir Nuri'ye karşı çok sakin ve çok yumuşak bir üslupla cevap verdi.

– İnsanın zevkini, keyfini hastalıklar, musibetler, yaşlılıklar ve ölüm altüst etmektedir. Hele her an karşısına dikilme ihtimali olan ölüm, insanın bütün arzularını ve isteklerini yerle bir etmektedir. Ölümün insandan bir isteği vardır. Ölüm var oldukça, hastalık ve yaşlılık sürdükçe, kabir ağzını açmış bekledikçe insan nasıl bunları düşünmeden keyif sürebilir! Her an bizi dünyada sevdiklerimizden, zevk ve isteklerimizden koparmayı bekleyen ölümün hikmetini, bizden ne istediğini bilmek gerekir. Yoksa şu kısacık ömür, ölüm tehdidiyle zehre döner.

– Canım biz de ölümü, kabri düşünmeden yaşarız.

– Ah bu mümkün olsa... Nerede bir mezarlık, nerede bir kabir, nerede bir cenaze veya nerede bir hastalık görsek ölümün buz gibi yüzünü ve ürpertisini içimizde hissederiz. Bu ölüm korkusu ise hayatın zevkini bir anda mutsuzluğa çevirir.

Vampir Nuri'nin yüzü ekşidi, kaşları endişeyle oynamaya başladı. Sanki bu durumla çok karşılaşmış olan bir hali vardı.

– Peki, bu durum karşısında ne yapmak gerekir sizce?

– İnsan, kendini, niçin yaratıldığını, nereden geldiğini, nereye gittiğini ve kime hesap vereceğini bilip Allah'a tam kul olmalıdır.

Varsa Gösterin!

Vampir Nuri'nin yüzü daha da ekşimişti.

– Yine getirdiniz Allah'a değil mi? Onsuz olmuyor mu yani? Böyle bir şey yok ki işimi Allah'la çözeyim ben... Nerede, hani göster bana?

Bu sefer kızmıştı gerçekten. Gençlere bir şey yapar diye biz de endişelenmeye başlamıştık.

Ama gençler bu konuda âdeta profesyonel kişilerdi. Kiminle nasıl konuşacaklarını çok iyi biliyorlardı. Zaten bu güzel davranışlarından dolayı da Vampir Nuri'nin karşısında konuşabiliyorlardı. Yoksa Vampir Nuri öyle kimseyi karşısında konuşturmazdı.

Bu sefer Said söze girdi.

– Efendim, elbette ki siz de kendinize göre doğru düşünüyorsunuz. Çünkü her insan doğru düşündüğünü sanır. Zaten böyle olmasa hayatın anlamı olmaz. Sonra insanlar istediği gibi düşünmeli, fikir ve görüşlerini anlatmalıdır. İşin güzelliği de farklı düşünme ve farklı yorumlamadan ortaya çıkar.

Şimdi şu koğuşta herkes aynı şeyi düşünse aynı görüşe sahip olsa, aynı duyguyu taşısa ve aynı yorumu yapsa hiçbir güzellik ve ahenk olmaz. Ama farklı düşünüp farklı yorumlamak, farklı güzellikler, farklı yollar ve farklı çözüm önerileri ortaya çıkarır.

Elbette ki toplumda Allah'a inananla inanmayan; Müslüman olanla olmayan; hayata farklı bakan, olayları farklı değerlendiren insanlar olmalı. Bu değişik yorumlar, farklı değerlendirmeler olmalı ki hayatın problemlerine çözüm önerileri artsın. Yoksa tek tip insan, tek tip zihin, tek tip görüş ve tek tip bakış, hayatı anlamsız ve zevksiz kılar.

Said'in bu yorumu çok ince bir politika içindi. Bunu ben çok iyi anlamıştım. Bir taraftan Vampir Nuri'nin inkârcılığından dolayı onu onurlandırmak istiyor, bir taraftan da kendi farklı görüşlerini anlatabilmek için bir hoşgörü zemini oluşturmaya çalışıyordu.

Doğrusu Vampir Nuri buna çok memnun olmuştu. Çünkü taşıdığı inkârcı görüşlerinden dolayı rencide olmaktan kurtulmuştu.

Said devam etti:

– İnsan hayatını yaşarken bir konuyu hep eksik bırakır.

Kendi mükemmelliğine, kâinatın düzenine, etrafını kuşatan binlerce nimetlere ve kendisi için hazırlanan dünya sofrasına bakmaz, bütün bu pahalı ve değerli nimetlerin niçin verildiğini ve bunun hesabının nasıl olacağını düşünmez.

İnsan önce kendini, çevresinde olup bitenleri ve kâinatı çok iyi okumalıdır.

İnsan düşündüğü zaman şunu çok net olarak görüyor ki böyle mükemmeliyetteki bir insan için koca kâinat bir ev olarak hazırlanmış... Dağlar onun emrinde, denizler onun ayağı altında, hava ona binek olmuş... Arılar ona bal yapıyor, ipek böcekleri onu giydiriyor, koyunlar kuzular onu besliyor, kendileri çamur yiyen ağaçlar, ellerini uzatmış en leziz meyveleri ona sunuyor, renk renk çiçekler onun için süslenmiş, kuşlar onun âlemini şenlendiriyor. Ay ona bir lamba, güneş ona bir soba olmuş; yıldızlar her gece onun önünde resmigeçit yapıyor...

İnsan ise kâinat ağacının meyvesi... Bu muhteşem varlıkların, bu güzel âlemlerin dikkatli bir seyircisi... Kâinat Sultanının birliğini ve haşmetini her biri kendi hususi lisanıyla ilan eden, atomlardan yıldızlara kadar sayısız varlıkların topyekun tercümanı...

Bu vasıflarıdır ki insana, maddî varlığıyla ölçülemeyecek bir kıymet kazandırmakta ve onu bütün kâinatın üzerine çıkarmaktadır.

İnsan vücudunun elbette bir mimarı vardır. Aksi takdirde tek bir hücrenin o harika vücudu inşa etmesini bırakın, vücut içindeki yerini alabilmesi bile çok büyük bir bilgiyi gerektirir. Bunun için bütün kâinatı görebilmesi, insanın kâinatla olan ilişkisini bilmesi lazımdır. Bu muhteşem vücut yaratıcısız olamayacağı gibi Kâinat Yaratıcısı'nın onu inşa etmesi de sebepsiz olamaz. Koca galaksilere emrinde askerler gibi manevra yaptıran Sultan, bu küçük insanı neden yaratsın? Güneş gibi bir nükleer fırını, dünya gibi bir haneyi ve içindeki mahlukatı niye onun emrine versin?

Bu kısacık ömrü hayvanca bir yaşayışla; yiyip bitirecek ve sonunda toprak altında maruz kaldığı kimyevî muamelelerle gübre halini alıp diğer mahlukatla eşit hale gelecek olduktan sonra elbette insanın yaratılışının hikmeti kalmaz. Ama kâinatta cereyan eden kanunlar, bu kadar büyük bir israfa ve hikmetsizliğe yer olmadığını göstermektedir. Cansız ve şuursuz yıldızların bile artıkları yeni yıldızlar yapmakta kullanılırken insan gibi en üstün mahlukun artıklarının gübre olmaktan öteye gidemeyeceğini düşünmek imkânsızdır. Öyleyse insanın yaratılışının mutlaka bir sebebi olmalıdır. Taşıdığı akıl vasıtasıyla insan, bu sebebi bulmakla mükelleftir.

Çok Güzel Bir Konu

Bu arada Vampir Nuri'nin adamlarından birisi kulağına eğilip bir şey söylemek isteyince:

– Defol be adam, diye bağırdı. Bu güzel sohbet kesilir mi? Sen çayları getir.

Döndü Said'e:

– Devam et doktor bey... Çok önemli bir konuya girdin.

Said, çok tatlı üslubu ve güzel yorumuyla konuşmasını sürdürdü.

– İnsana bakın! Başlangıçta bir damla su. Zamanı gelince kan pıhtısı oluyor, kemik oluyor bu damla. Vakit tamamlanınca da bir bebek geliyor dünyaya. Gören gözler, işiten kulaklar, koku alan burun, tutan el, yürüyen ayak, hisseden kalp, düşünen beyin... Yavaş yavaş oluyor bütün bunlar. Öyle bir an geliyor ki o bir damla su, misafiri olduğu dünyanın seyrini değiştirebiliyor.

Bakıyorsunuz, her iş büyük bir intizam içinde yapılıyor. Her faaliyette bir fayda ve hikmet gözetiliyor. Şuurlu bir ölçüyle yaratılıyor her şey. Hiçbir şey başıboş değil; hiçbir mahluk kendi haline bırakılmamış.

Soruyorsunuz: Kim yaratıyor bütün bu sanat eserlerini? Bu faaliyetleri yürüten, yıldızları çarptırmadan döndüren, dünyayı canlılara beşik yapan, milyarlarca canlıya vakti vaktine rızık veren kim? Kimdir o yaratıcı ki toplu iğne başı kadar bir tohumdan dev gibi bir ağaç, bir damla sudan insan çıkartıyor?

Hâlbuki "yaptı" dedikleri tabiat, canlı ve cansız varlıklara verilen bir isim. Aklı, ilmi, kudreti ve hissi olmayan bir varlık. Lakin cansızların kendi başlarına bir şey yapamayacakları apaçık bir gerçek değil mi? Çekici, çiviyi, tahtayı koyun bir odaya, milyon sene bekleyin, şuurlu bir usta bunları kullanmadığı sürece bir sehpa bile yapılamayacaktır.

Toprak, hava, su ve güneş ışığı elbette çekiçten ve tahtadan daha şuurlu değildir. Oysa bir kar tanesi bile bir sehpadan daha mükemmeldir. Hal böyle olunca cansız, akılsız, şuursuz, kuvvetten, iradeden mahrum tabiatın basit bir canlıyı bile yapamayacağı açıkça ortaya çıkmıyor mu?

Gelelim canlılara. Bunların da en şuurlusu insandır. İnsan ise bu kâinatı ve içindekileri yapmak şöyle dursun, minnacık bir yaprağı bile yapmaktan acizdir. Üstelik de kendini yaratanı aramakla meşguldür.

Tabiat, canlılarla cansızlardan meydana geldiğine ve bunların da hiçbir şeyi yaratamayacakları kesin olduğuna göre, bu kâinatı ve kâinattaki bütün sanat eserlerini sonsuz ilim, irade ve kudret sahibi olan Allah'ın yarattığı açıkça görülebilir.

"Tabiat kanunları" veya "Doğa yasaları" ifadelerini sık sık kullanan tabiatçılara sormak lazım:

"Bu kanunlar akıllı, şuurlu, gören, işiten, karar verme kabiliyetine sahip, her şeyi bilen şeyler mi?"

Cevap, "Hayır" olacaktır. Çünkü bu soruya "Evet" yanıtını vermek, aklı inkâr etmekten farksızdır. Oysa yukarıda saydığımız vasıflara sahip olamayan, yaratıcı da olamaz.

Kaldı ki tabiat kanunları Allah'ın varlığına delildir. Neden mi? Çünkü kanun varsa onu koyan biri vardır. Hiçbir kanun kendi kendine ortaya çıkamaz. İnsanların yaptığı yasalarda bile bunu açıkça görüyoruz. Ayrıca kanunların uygulanması için bir hâkime ihtiyaç vardır. Hâkim yoksa hiçbir kanun kendi başına suçluyu yargılayamaz. Bunun en güzel örneğini, yine insanların icraatında görmek mümkündür.

Tabiatçıları saplanmış oldukları bataklıkta bırakarak yüzümüzü gerçeğe döndürelim.

Dikkatle bakan görür ki tabiat da harikulade bir sanat eseridir. Kendisini yoktan var eden, binlerce nakışlarla süsleyen çeşit çeşit renklerle donatan Yaratıcısı'nı gösterir. Tabiat, yukarıda tasvir ettiğimiz mahlukattan meydana gelen eşsiz bir tablodur ki hal diliyle "Benim sanatkarım sonsuz ilim, irade ve kudret sahibi olan Allah'tır (c.c.)!" diye haykırmakta, bu gerçeği kâinattaki ahengin musikisiyle ilan etmektedir. (Ömer Sevinçgül)

Sohbet Müthiş!

Said'in tane tane akıcı ve etkili üslubuyla anlattıklarını büyük bir dikkatle dinleyen Vampir Nuri, sanki ilk defa çok önemli bir hakikat keşfediyormuş gibi yüzünde çok anlamlı çizgiler oluşuyordu.

Bir yandan da çaylar tazelenmeye devam ediyor, odadakiler de bütün dikkatleriyle sohbeti izliyorlardı.

Said, Allah'ın varlığı ve birliği üzerinde durmaya devam ediyordu.

– Kâinatta atomlardan yıldızlara dek uzanan, hükmeden mükemmel bir düzen var. Bu düzenin gerçekleşmesi için:

Ya diyeceksiniz ki her bir varlık, atomlardan ta yıldızlara kadar, bu mükemmel düzeni biliyorlar ve bilerek, görerek, şuurla hareket ediyorlar. Bu durumda "Allah yoktur" varsayımı öne sürülür.

Ya da diyeceksiniz ki bu atomlar, gezegenler, unsurlar vs. akılsız ve şuursuzdur. Öyleyse tüm bu kâinatı, zerrelerden yıldızlara dek idare eden ilim, hikmet ve kudret sahibi bir Yaratıcı vardır.

Bunu bir örnekle açıklayayım: Mesela güneşli bir öğlen vakti, denizin yüzünde, su birikintilerinde, aynalarda, camlarda, parlak şeylerde oluşan akislerin, pırıltıların, ışık yansımalarının ya kendinden olduğunu söyleyeceksiniz ya da "bunların hepsinde ışık yoktur, bu pırıltılar, yansımalar gökteki güneşin ışığının akisleridir" diyeceksiniz.

Yeryüzünde; tüm kâinatta gördüğümüz ve ilim, hikmet, kudret, irade gibi sıfatları gerektiren eserler, olaylar, ya bütün kâinatın her bir zerresinde akıl, mantık, güç, irade bulunması ile mümkün olabilir ya da sonsuz bir ilim, hikmet, kudret, irade sahibi bir Yaratıcı'nın faaliyetlerinin yansımaları, akisleri, neticeleriyle ortaya çıkar.

Vampir Nuri gözlerini derinlere daldırdı, dinlediği hakikatlerin yorumunu yaptığı belliydi. Zihninde önemli uyanışların olduğu, yüzündeki ifadeden anlaşılıyordu.

Tam bu esnada içeriye gardiyan girdi.

– Said ve Zübeyir'i müdür bey istiyor, dedi.

Vampir Nuri uykudan uyanır gibi, bir anda kendine geldi.

– Defol be adam, dedi. Sen de tam sırasını buldun. Görüyorsun ki sohbet ediyoruz. Git söyle müdürüne, gençlerin işi varmış, de. İşleri bitince biz göndeririz.

Adamcağız, bu gürlemeye karşı tek kelime bile etmeden kapıyı çekip çıktı.

Vampir Nuri tekrar Said'e döndü.

Allah Bizi Niçin Yarattı?

– Peki, dedi. Varsayalım ki Allah vardır. Neden beni yarattı öyleyse? Bundaki amaç nedir?

Said:

– Efendim, dedi. Bu konu hem çok önemli hem de çok derin. Bu konuyu en iyi şekilde anlatabilmek için bu bahsi çok mükemmel bir şekilde izah eden bir kitaptan faydalanmak lazım.

Yanındaki çantasını açtı. Kırmızı bir kitap çıkardı. Sayfalarını çevirdi. Okumaya başladı. Hem okuyor hem de bizim anlayacağımız bir dille izah ediyordu. Biz de tam bir manevî sofraya oturmuştuk. Koğuşumuzun keyfi yerinde büyük bir haz ve keyif içinde dinliyorduk.

– Bir sultanın çok büyük hazineleri varmış. O hazinelerde çeşit çeşit cevherler, elmaslar, zümrütler bulunuyormuş. Pek çok gizli defineleri de bulunan o sultanın, sanatın her türlüsündeki mahareti de baş döndürücü imiş. Bütün fenleri ve geniş ilimleri, en küçük ayrıntısından en nihai noktasına kadar bilirmiş.

Hem güzel hem de mükemmel hususiyetleri olan herkes cemal ve kemalini görmek ve göstermek ister. O şanı meşhur sultan da bunun için teşhirgâhlar ve sergiler açmış. Hem saltanatının haşmetini hem servetinin şaşaasını hem sanatının harikalarını hem de ilminin genişliğini izhar etmek için... Bunu evvela zatına olan muhabbetinden ötürü yapmış. Kendi saltanat ve sanatını görmeyi dilemiş. Merhametinden ötürü, bir diğer muradı da başkalarının istifadesi imiş. Başkaları da görsün, tatsın istemiş.

Bu gibi maksatlar için çok geniş ve muhteşem bir saray yapmaya başlamış. Sarayı çeşit çeşit menzillere ayırmış. Fenlerin bütün incelikleriyle tanzim edip mucizevî eserlerle süsleyip tamamladıktan sonra lezzetlerin en güzeliyle donatılmış sofraları hiçbir şeyi eksik bırakmadan kurmuş. Her hal ve seviyedeki rayietini seyir ve istifade için davet etmiş. Sonra o görünmeyen sultan, zatını, sarayın özelliklerini, o kadar masraftaki maksadı tarif etsin diye, yaveri ekremini onlara üstad olarak tayin etmiş. O üstadın, en büyük dairede kendisi, diğer katlarda da temsilcileri durmuş ve misafirlere tebligatta bulunmuş. Demiş ki:

"Ey ahali, bu sarayın sahibi olan seyyidimiz, bu kadar şeyi teşhir etmekle, kendini size tanıttırmak istiyor. Siz de onu güzelce tanımaya çalışınız. O, bu kadar sanat ve süsleme ile kendini size sevdirmek istiyor. Siz de onun sanatını takdir ve hayranlığınızı ilan ile kendinizi ona sevdiriniz. Bu ihsanlar size olan muhabbetini gösteriyor, siz de ona itaat ile muhabbet edin. Size verdiği nimetlerle şefkat ediyor, siz de teşekkürle hürmet edin. Bütün bu güzelliklerde onun güzelliğinden işaretler var, siz de onun güzelliğini görmek için iştiyakınızı gösterin. Hem bu harika sanatların her birinde onun tek ve misilsiz olduğunu gösteren mührü var, siz de onu tek ve eşsiz ortaksız kabul edin."

Sonra ahali ikiye ayrılmış.

Birinci gruptakilerin akılları sağlam, niyetleri halis, idrakleri yerindeymiş. Onlar, bunca icraat ve iltifatın ötesinde, muhteşem bir kudret ve hikmet olduğunu anlamışlar. Üstadlarından derslerini tam almışlar ve daha yüksek ve ebedî saraylara alınmışlar.

İkinci gruptakiler ise sadece kendi isteklerini ve midelerini düşündüklerinden bu sözlere kulaklarını tıkamışlar. Aç gözlüce sağa sola saldırmışlar. Hadlerini aşmışlar, yenilmeyecek rızıklardan yemiş, içilmeyecek şeyleri içmişler. Sultanı tanımamış, saraydaki düzeni ve maksadı anlamamışlar. Saray sahibinin askerleri onları tutup hapse atmış ve cezalandırmış.

O sultan Allah (c.c.), misafirler ise başta insanlar olmak üzere bütün mahlukat; menziller, on sekiz bin âlem, yaver Hz. Muhammed'dir (a.s.m.).

O tarifçiye kulak verilmeden sarayın sahibi ve hikmeti anlaşılamaz. (*On Birinci Söz*)

Said, konuyu bitirmişti ki koğuşun kapısı yeniden açıldı ve içeriye başka bir gardiyan girdi.

Başgardiyan

– Zübeyir ve Said burada mı?

Vampir Nuri'nin kaşları yeniden yay gibi gerildi ve birden ayağa fırladı.

– Ulan ne istiyorsunuz siz bu Zübeyir ve Said'den?

Gardiyan bir anda burnundan soluyan Vampir Nuri'yi karşısında görünce panikledi.

– Müdür bey çağırıyor da...

– Başlarım şimdi müdürüne de sana da... Bırakmıyorsunuz ki ağzımızın tadıyla bir sohbet dinleyelim. Dedik ya işimiz bitince gelecekler, diye. Müdürün çok istiyorsa kendisi gelsin. Gelsin de şu sohbeti dinlesin, belki o kaz kafası adam olur.

Gardiyan kaçar gibi çıktı.

Vampir Nuri bir müddet kendi kendine söylendi, öfkesini yenmeye çalıştı. O öfkelendiğinde koğuştaki herkes titriyordu.

– Ulan, dedi. Bu pis herifler size dua etsinler. Eğer karşımda sizin gibi nezaketli gençler olmasaydı o iki gardiyan da bu koğuştan sağlam çıkmazlardı.

Vampir Nuri, okunan konulardan etkilenmiş olacak ki bahisleri hiç itiraz etmeden takip ediyordu.

İnsanın Vazifesi Nedir?

– Peki, biz ne yapacağız? Elbette ki biz de insanız. İnsanın görevi ne?

Bu soruyu laf olsun, diye sormamıştı. Bu soru, derin bir hesaplaşmanın ve iç çekişmenin ürünüydü. İçinde eğrilerle doğrular, hatalarla yanlışlar birbirine girmiş müthiş bir fırtına estiği belliydi. En azından bizim içimizde de böyle bir hesaplaşma vardı.

Bu sefer de kitabı Zübeyir aldı.

– Sorduğunuz soruya şurada da çok güzel bir cevap verilmiş, dedi. Okumaya başladı.

Konu bir örnekle başlıyordu:

– Seferberlikte bir taburda iki asker vardı. Biri görevine dikkat eder, diğeri kendini ve üzerine vazife olmayan işleri düşünürdü.

Görevine dikkat eden asker, vazifesinin talim, terbiye ve harp etmek olduğunu bilirdi. Karnını doyurmak, hastalansa ona bakmak vazifesi devlete aitti.

Diğeri hiç talim ve harp ile uğraşmaz, daima ne yiyeceğini düşünür, aç kalmak endişesi ile çarşıya çıkar, sokaklarda dilencilik ederdi.

Anlayışlı ve tecrübeli arkadaşı ona:

"Kardeşim, senin asıl vazifen talim ve muharebedir. Bizi buraya gönderen padişahımız bizi aç bırakmaz. Sen böyle davranmakla, onu, görevini yapmamakla suçlar gibisin. Senin bu işte vazifen ancak kazanı kurmak, karavanayı almaktır. Yoksa sen, o göndermese nafakanı tedarik edemezsin. Silahımızı ve gıdamızı vermek O'na aittir. Sen böyle davranırsan asi muamelesi görür, ceza yersin" dedi.

O nefer, bu nasihatten sonra arkadaşına kulak vermeli, bu tehlikeli ve yanlış halden kurtulmalıdır.

Hikâyedeki harp meydanı, bu dağdağalı, yıkılabilir, dağılabilir, karışabilir dünya hayatıdır. O ordu; insanlık; o tabur,

Müslümanlardır. O askerlerden biri, farzları yerine getiren, günahlardan sakınan, şeytanla mücahede eden Müslüman; diğeri Allah'ı rızk vermemekle suçlar vaziyette olan ve asıl vazifesini maişetini temin etmek zanneden günahkârdır. O talim, ibadet; o harp, ebedî perişan olmamak için nefis ve şeytanla yapılan mücadeledir. O iki vazifeden biri hayatı verip beslemek, diğeri de hayatı verene dua etmek ve yalvarmaktır.

Evet, hayatı kim verdi ise rızkı veren de O'dur. Dünyayı asıl maksat yapan, hayattan bir serçe kuşu kadar bile lezzet alamaz. Dünyayı misafirhane ve ahiretin tarlası gören, asıl işine bakan, burada da ötede de bir misafir gibi ağırlanır. (*Beşinci Söz*)

Sohbet öylesine derinleşmiş ve tatlılaşmıştı ki kimsenin kılı bile kıpırdamıyordu. Hayatta suya susamış bir insanın kana kana su içmesi gibi ruhları bu mevzulara aç kalmış bizler de doyasıya bu sohbeti dinliyorduk.

Koğuşta İlk Namaz

Gençler namaz kılmak için müsaade istediler.

Derhal Vampir Nuri ayağa fırladı:

– Hazırlayın ulan şu köşeyi, dedi. Çocuklar orada namazlarını kılsınlar. Onlar namaz kılana kadar sizler de bir şeyler hazırlayın da birlikte atıştıralım.

Bir taraftan gençler huşu içinde namaza durdular. Bir taraftan da masa donatılmaya başlandı. Her türlü yiyecek ve meyveler masanın üzerine yığılıyordu.

Bütün koğuş Vampir Nuri'ye davetliydi. Vampir Nuri'ye davetli olmak çok büyük bir şeref ve çok büyük bir ayrıcalıktı. Yani bir anlamda Vampir Nuri bu sohbetin şerefine ziyafet çekiyordu. Bu aynı zamanda manevî ziyafetten çok etkilendiğini de göstermekteydi.

Gençler namazı kılarken Vampir Nuri de gözaltından derinden derine gençleri izliyordu.

Kafası karışık, soracağı daha çok sorusu olduğu belliydi. Sağ olsun Vampir Nuri, sorduğu sorularla bizlerin de ihtiyacına tercüman oluyor, istifade etmemize vesile teşkil ediyordu.

Gençler namazlarını kılınca Vampir Nuri yerinden kalktı. Hayret... Belki de hayatında ilk kez birilerinin önünde kalkıp onlara nezaket gösterisinde bulunuyordu.

Gençler ise daha zarifti. İkisi birden:

– Estağfurullah efendim olur mu? Siz çok saygı duyulan bir insansınız. Bizim için ayağa kalkmanız karşısında çok mahcup oluyoruz, çok eziliyoruz, diye Vampir Nuri'yi yüreklendiriyor, iltifatlar yağdırıyorlardı.

Hayat Bir Ticarettir

Masanın etrafına oturduk. Yiyecekleri atıştırırken Vampir Nuri'nin soruları da sofraya eşlik ediyordu.

– Hayat, dediğimiz bir ticaret değil mi, dedi. Kim bu hayatta kalacak yolu bulursa, kesesini de doldurursa en iyi ticareti yapmış olur. Bütün insanlar bunun için uğraşmaktadır. Biz de bunun için uğraşıyoruz. Yaptığımız iş, ticaret işi bunun iyisi kötüsü olmaz. Her iş şereflidir. Öyle değil mi?

Vampir Nuri bu soruyla kendisini aklamayı arzu ediyordu. Yani "ben kirli işlere bulaşmış, insanları ezmiş, öldürmüş birisi olarak tanınıyorum, ama bunu ayakta kalmak, güçlü olmak ve bir ticaret yapmak için icra ediyorum, Hatta bunları becerdiğim için şerefli bir iş de yapmış oluyorum" demek istiyordu.

Bu görüşünün doğruluğu için gençlerden onay bekliyordu. Onların da "doğru söylüyorsun" demelerini diliyordu.

Zübeyir elindeki kitabın sayfalarını karıştırarak bir yerde karar kıldı.

– Kitabın yazarı konuya bir örnek veriyor. Önce okuyalım isterseniz, sonra da yorumu yaparız.

"Bir padişah, merhametinden, iki hizmetkârına emanet olarak güzel birer çiftlik verir. Fakat harp zamanı olduğundan o iki hizmetkârın çiftliklerini muhafaza edemeyeceğini bilir. Onlara bir memuru aracılığı ile kârlı bir teklifte bulunur.

Size emanet olarak verdiğim çiftliklerimi; sanki sizinmiş gibi bana yüksek bir fiyat ile satın. Ben harp müddetince sizin adınıza muhafaza edeyim. Daha sonra size iade edeceğim. Hem bu çiftlikleri ben sizin için, kendi adıma çalıştırayım. Benim adımla çalışacağı için kıymeti ve kuvveti birden bine çıkar. Hem siz üstesinden gelemeyeceğiniz meşakkat ve zahmetlerden kurtulursunuz. Bütün masraflar bana ait olsun, kârın tamamını size vereyim.

Bana satmazsanız görüyorsunuz kimse elinde tutamıyor. Hem boşa gidecek hem de vereceğim yüksek fiyattan mahrum olacaksınız. Siz o madenleri, tarlaları iyi işletemeyeceğiniz için kıymetleri düşecek, kâr edemeyeceksiniz. İdare ve muhafaza zahmeti de başınıza kalacak. Hem emanetimi korumadığınız için ihanet cezası göreceksiniz.

Onlardan birisi, akıllılık etti:

'Ben memnuniyetle satar ve binlerce teşekkür ederim' dedi.

Diğeri, kendini beğenmiş, nefsi firavunlaşmış birisi idi:

'Ben ne padişah tanırım ne de çiftliğimi satarım!' dedi.

Birincisi öyle bir hale erişti ki herkes ona gıpta ederdi. Diğeri perişan oldu, büyük sıkıntılara düştü, ama ona kimse acımıyor, herkes, müstahak, diyordu.

Hikâyedeki padişah, ezel ve ebed sultanı olan Allah'tır. O harp, hiçbir şeyi, hiç kimsenin elinde bırakmayan fırtınalı dünyadır. O çiftlikler, her insanın şahsî hayatında sahip olduğu şeyler, maddî manevî uzuvlar ve kabiliyetlerdir. O memur, Resul-i Ekrem (a.s.m.), o teklif ve ferman, varlığın sırrını çözen benzersiz ifadeleriyle Kur'an'dır.

İnsan, Allah'ın verdiği emanetleri onun istediği gibi kullanarak, güya ona satarak, fani malını bakileştirebilir, karşılığında ebedî cenneti satın alabilir. Bu beş ayrı kârı olan bir alışveriştir.

Fani şeyler ölümsüzleşir. Ömür dakikaları öbür âlemde çiçeklerini açacak çekirdekler haline gelebilir.

Cennet gibi yüksek bir fiyata satılmış olur. Her şeyin kıymeti birden bine çıkar. Mesela akıl, kayboluş, bitiş iniltilerini tespit eden, sefih isteklerin hizmetkârı, kendisinin daha altındaki mahlukların yaptığı şeylerin takipçisi (sütü incelerken ineğin yaptığını zanneden bir zavallı) olmaktan kurtulur, sonsuzluğa yürüyüş yolunda muhteşem bir sanatkârın yaptığını inceleyen, onun adına mahlukatı teftiş eden bir müfettiş durumuna yükselir.

Zaif beline taşıyamayacağı yükleri yüklenmez.

Bütün uzuvları ile yaptığı ibadetler muhafaza edilip en muhtaç olunduğu bir zamanda binlerce kat meyveleri ve kârlarıyla iade edilir.

O emanetleri, hakiki sahibine satmayan, onun istediği gibi kullanmayan beş ayrı zarara uğrar.

O kadar, sevip bağlanılan hevalar, gençlik, mal terk eder. Günahını, azabını bırakır.

Emanete ihanet cezası çektirir.

Kıymetli şeyler çok ucuza harcanmış olur.

Aczini, fakrını unutarak kurmaya çalıştığı dünyanın yükünü taşıyamaz, mevcudat onu dinlemez, âdeta başına yıkılır.

Ebedî saadeti kazansın, diye verilen hediyeler Cehennem kapılarını açan anahtarlara döner.

Emaneti hakiki sahibine satmak; kolay, kârlı, lezzetli, keyfe kâfidir." (*Altıncı Söz*)

Zübeyir, bu çok nefis konuyu okuyup yorumladıktan sonra birkaç sayfa daha çevirip:

– Son olarak da şu iki-üç paragrafı da okuyalım. Burada bu konuyu desteklemekte ve soruya ayrı bir cevap olmaktadır.

Bizler ise bu doyumsuz sohbetin bir dakika bile kesilmesini istemediğimiz için zevkle dinliyorduk.

Zübeyir okumaya devam etti:

– Bir zat hizmetkârlarından birisine üzerine bir elbise alması için yirmi altın verir. O gider ve kendisine uygun libası alır. Ticaretindeki başarısından ötürü iltifat görür.

Diğerine bin altın verip alış veriş için gönderir. Almasını istediği şeyleri bir liste halinde cebine koyar.

Bu hizmetçi, elindeki sermayesine bakmadan, cebindeki listeyi okumadan, diğer hizmetçinin başının okşanmasına bakıp "Sahibim benim de bir libas almam için bu kadar sermayeyi vermiştir" diye düşünse tüccar bu alışverişten anlamaz adama kumaşların en kötüsünü verecek ve sahibi tarafından da cezalandırılacaktır. Zira aşikârdır ve en ahmak adam da anlar ki bu ikisi aynı alışveriş için gönderilmemiştir.

Bin altını olan, "Benim yirmi altınım da var" diye, "Ben de sadece bunu almalıyım" diyemez.

Aynen öyle de insan kalbine, dimağına, lezzetleri ve hakikatleri bir terazi gibi tartan mahiyetine bakmadan, "Ben de hayvan gibi, sadece yemek, uyumak ve neslimi devam ettirmek içinim" diyemez. (*On Birinci Söz*)

Son cümleyi Zübeyir öyle farklı bir ses tonuyla okumuştu ki sanki beynimize bir ok gibi işlemişti. O anda Vampir Nuri'ye baktım. Yüzünde binlerce manalar dolaşıyor, dudakları sarkmış, gözleri ise yeni keşfettiği doğruların arasında kaybolmuş gibiydi. Öyle dalıp dalıp gidiyordu ki ruhunda esen fırtınayı tahmin etmek mümkündü. Bir anda başlayan hesaplaşma, sohbet ilerledikçe şiddetini daha da artırıyordu.

Gençler ise damarına basmamak, onu kızdırmamak ve sık sık onurlandırmak için ellerinden geleni yapıyorlardı.

Hele Zübeyir'in okuduğu şu son paragraf bizleri çok; ama çok etkilemişti.

"Bir temsili olayda gördüm ki ben bir yolcuyum" diye başlıyordu ve şöyle devam ediyordu:

"Seyyidim olan zat, bana tahsis ettiği altmış altından tedricen birer miktar veriyordu. Ben de sarf ederek pek güzel bir hana geldim. Orada eğlencelerle, kumarla altınlarımın önemli bir kısmını zayi ettim. Elimde sadece pişmanlık ve taşkınlıklarımdan kaynaklanan yara bere kaldı. Birden yanımda birisi belirdi.

'Servetinin çoğunu boşa harcadın. Hiç değil bundan sonra elinde kalan az miktarın yarısıyla ihtiyaçlarını al, yarısını da sakla, gideceğin yerde lazım olacak şeylerde kullan!' dedi.

Baktım nefsim yarısına razı olmadı. Alışkanlıklarımdan vazgeçmek istemiyordum. O 'Hiç değilse üçte birini sakla!' dedi.

Nefsim yine razı olmadı. Birden kendimi süratle giden bir trende buldum. Tren karanlık tünellere girdikçe içim daralıyordu. Aniden trende delikler açılmaya başladı. Baktım bir delik de benim için açılmış. Deliğin ötesinde üzerinde adım yazan mezar taşını gördüm. Dehşete kapılmış iken aynı adamın sesini duydum. Beni inadımdan vazgeçirmeye çağırıyordu. Kabul ettim. Fakat artık takatim kalmamış, sermayem azalmıştı. O 'Tövbe et, tevekkül et!' dedi. Dua ederek yalvardım. (*Yirmi Üçüncü Söz*)

Orucun Hikmeti Nedir?

Müthiş bir tespitti. Özellikle de bana çok tesir etmişti. İçimdeki bu hareketi daha önce bu kadar hissetmemiştim.

Vampir Nuri ise sağ elini kuvvetle sıktı ve çene kemiklerini birbirine geçirdi. Bu, müthiş bir etkinin ve müthiş bir fırtınanın yansımasıydı.

Bu arada masanın etrafındakiler atıştırmaya devam ediyordu. Ama gençler bir şey yemiyorlardı. Bunu Vampir Nuri hissedince sordu:

– Siz neden yemiyorsunuz, dedi. Yoksa haram yoldan kazanıldığı için mi?

Bu soruya Zübeyir kendine has ve tatlı gülüşüyle cevap verdi.

– Estağfurullah, dedi. Sizin ikramınız bizim için bir şereftir. Yemememizin sebebi, bugün oruçluyuz.

Vampir Nuri'nin hayreti bir kat daha arttı.

– Ne orucu be birader? Ramazan değil, bir şey değil.

Zübeyir utana sıkıla açıklama yapmak zorunda kaldı.

– Malumdur ki bizler genciz. Çevremizde de bizi günaha ve harama sokacak olaylar cereyan ediyor. Kendimizi bu günahlardan korumak için sık sık oruç tutup tedbir almaya çalışıyoruz.

Tabii hayatı kadın ticareti içinde geçmiş olan Vampir Nuri bu cevap karşısında hayrete düşmüştü. Çevresindeki pisliklere bulaşmış gençlerle bunları kıyaslayınca aradaki o müthiş farkı görüyordu.

Bunu bir soru olarak sordu:

– Sizi anlayamıyorum. Siz nereden geldiniz? Melek misiniz birader? Nesiniz?

Ama oruç, diye şu açlığı anlamak da çok güç. İnsanları aç bırakarak ne yapılmak isteniyor, bilemiyorum? Bunun başka yolu da olabilir.

Said bu sorunun cevabını da elindeki kitaptan bularak okumaya başlamıştı:

– İnsanın midesi büyük bir fabrikadır. Eğer midenin işlerinde bir müddet tatil olursa insandaki diğer kabiliyetler daha fazla uyanır. Ramazan'da insanın bedenî meşgalelerden kurtulması ruhanî melekelerini inkişaf ettirir.

Orucun tam olması midenin yanında diğer uzuvların da oruç tutmasına bağlıdır. Yani haramlardan kaçınıp her bir kabiliyetin yüzünü kulluğa çevirmekle tam oruç mümkündür. Mesela dil yalandan, gıybetten, çirkin tabirlerden arınarak zikir ve tesbih ile oruç tutar. Göz harama bakmaz, kulak çirkin şeyleri işitmekten kaçınır.

İnsanın cismanî tarafı, letafet kazandıkça ruhanî yanı terakki eder. Âdeta ten ruha denk olur.

Hadisin rivayetinde vardır:

Cenab-ı Hak nefse demiş ki: "Ben neyim, sen nesin?"

Nefis demiş: "Ben benim, Sen sensin."

Azap vermiş, Cehenneme atmış, yine sormuş. Yine demiş: "Ene ene, ente ente."

Hangi nevi azabı vermişse enaniyetinden vazgeçmemiş. Sonra açlıkla azap vermiş. Yani aç bırakmış. Yine sormuş: "Men ene? Ve ma ente?"

Nefis demiş: "Ente Rabbiye'r-Rahim, ve ene abdüke'l-aciz."

Yani "Sen benim Rabb-i Rahimimsin. Ben senin aciz bir abdinim (kulunum)" (*Yirmi Dokuzuncu Mektup*)

– Bu güzel cevabınıza teşekkür ederim, dedi Vampir Nuri; ama baştan sorduğum bir soruma cevap vermediniz.

Allah'ı Niçin Görmüyoruz?

Vampir Nuri'nin soruları şunlardı:

"Allah varsa neden göremiyoruz? O nasıl bir şey? Nerede? Allah nasıl var olmuştur?"

Her kafayı kurcalayan, bu sorunun sorulmasına çok memnun olmuştuk. Bu konuyu dinlemeye dünden hazırdık. Eminim ki bu sorunun cevabı kafamızdaki birçok bulanıklığı aydınlatacaktı.

Said, elindeki kitapları yine karıştırmaya başladı. Bu sefer okumadan yorum yapmayı tercih etti. Tam konuya giriyordu ki yine koğuşun kapısı "pat" diye açıldı.

İçeri giren yine bir gardiyandı.

– Burada Said ve Zübeyir adında iki mahkum varmış. Onları acilen müdür bey istiyor.

Bu sefer Vampir Nuri yerinden fırladı. Bereket kapıyı çabuk örtüp kaçmıştı gardiyan. Eğer yetişseydi bir kurban da oracıkta verilebilirdi.

Bu öfke yüzünden bir müddet kendine gelemedi. Daha sonra Said'e döndü.

– İşte böyle, dedi. Gel de küfürbaz olma, katil olma... Bunlar gibi adamlar bizi yoldan çıkarmıştır.

Çok enteresandı, son cümlesi. Bugüne kadar yanlış gittiği yolu hep doğru olarak savunan Vampir Nuri, belki de ilk defa yanlış yolda olduğunu dile getiriyordu.

Said sohbetine başlamıştı.

– Bu soruyu birkaç parçaya bölüp cevap vermek çok daha iyi olurdu.

Önce "Allah'ı niçin görmüyoruz?" kısmından başlayalım.

Konuyu tarihi bir örnekle ele alalım:

Hz. Musa'ya kavmi sormuş:

– Ya Musa, bize Allah'ı göstermedikçe O'na inanmayız. Önce bize Allah'ı göster, demişler.

Hz. Musa da:

– Allah görür, ama görünmez, demiş.

Onlar da:

– O zaman biz görmediğimiz bir şeye inanmayız, demişler.

Aynı olayın benzerleri her devirde ortaya çıkmıştır. Özellikle de bizim dönemimizde çok sık duyulmaktadır. Birçok öğretmen bu konuyu, sınıflarında malzeme olarak kullanmışlardır.

Bazı inançsız öğretmenler öğrencilerine:

– Allah'tan şeker isteyin, demişler.

Onlar da istemişler. Sonra da:

– Bakın! Nasıl vermedi, demişlerdir. Çünkü Allah (hâşâ) yoktur ki gelsin. Şimdi benden isteyin, deyince öğrenciler kendisinden istemişler. O zaman daha önceden aldığı şekerleri dağıtmış.

– Bakın! Ben varım, beni görüyorsunuz, benden şeker istediniz, ben de verdim. Eğer Allah olsaydı görürdü. Sizin de sesinizi duyardı. Demek ki yokmuş.

Bazı art niyetli öğretmenler de bu örneği başka bir şekilde çevirerek öğrencilerinin kafasını karıştırmıştır.

Öğretmen kalkmış sınıfta:

– Beni görüyor musunuz, diye sormuş öğrencilerine.

– Çünkü ben varım!

– Allah var mı?

– Yok, çünkü göremiyorsunuz; olsaydı görürdünüz diyerek art niyetini sergilemiştir.

Tabii ki bazı insanlar, sizler gibi bu soruyu merak ettiği ve öğrenmek istediği için soruyorlar. Bazı insanlar ise dinsizliklerini yaymak ve akılları karıştırmak için sual ediyorlar.

Malumdur ki görmemek olmamaya delil değildir. Görmemek ya gözün zayıflığından ya da cismin görülmeyecek kadar küçük, uzakta veya görünmez oluşundandır. Mikropları göremeyiz. Ama inkâr da edemeyiz. Aklımızı da göremeyiz. Fakat bizim aklımız yok demeyiz. Birçoğumuz Çin'e gitmemiştir. Gitmedik, diye Çin diye bir ülke mevcut değildir, diyemeyiz.

Cenab-ı Hak bizim Hâlık'ımızdır. Bizi o yaratmıştır. Bize kendisini görecek bir göz vermemiştir. Ama kendisini tanıyacak, anlayacak ve hissedecek akıl vermiştir.

Malumdur ki bazı şeyler göz ile değil, akıl ile görülür. Bazıları dil ile bazıları da kulluk ile görülür.

Çorbanın tuzunu dille, sesleri ise kulakla, manevî cisimleri de akıl ile görürüz.

Ayrıca Cenab-ı Hakk'ı bizzat Peygamberimiz (a.s.m.) görmüştür. Dünyanın en doğru ve en dürüst insanının görmesi, bütün insanlar için yeterli bir ispattır. İnşallah Cennete giden her mümin de görecektir.

Allah'ın Mahiyeti Nasıl?

Sorunun ikinci aşaması da "Allah'ın mahiyeti nasıldır?" idi. Said anlatmaya devam etti:

– Allah'ı göremediğimiz gibi mahiyetini de tam olarak idrak edemeyiz. Çünkü o yaratıcı, biz ise yaratılmışız. Yaratan, yaratılan cinsinden değildir. Mesela bir sarayla, o sarayın mimarı aynı cinsten değildir. Mimarı saraya benzetemediğimiz gibi, Cenab-ı Hakk'ı da varlıklarına benzetemeyiz.

Gerçi her sanat, sanatkârının varlığını ispat eder. Çünkü bir sanat, sanatkârsız meydana gelmez. Ama hiçbir sanat, sanatkârını tümüyle tarif ve tavsif edemez.

Sebeple müsebbib arasında daima fark vardır. Kitap, kendi kendini yazamadığı gibi bir koltuk da kendi kendine olmaz. Her şeyin bir ustası var; ama hiçbir zaman kitap, kitabı yazanın cinsinden olmadığı gibi masayı yapan da masaya benzemez.

İşte yaratıcımız olan Cenab-ı Hak da bize ve yarattığı hiçbir şeye benzemez. Bizler de onun bir sanatı olduğumuza göre onun mahiyetini bilemeyiz.

"Allah'ı (hâşâ) kim yarattı?" konusuna gelince:

Bu kısmı ünlü mütefekkir ve âlim Mehmet Kırkıncı hocanın şu yorumuna bırakalım:

"Seksen vagonlu bir tren düşününüz. Bu vagonlardan her birisini, bir öndeki vagonun çektiğinden bahsedilir. Nihayet iş lokomotife dayandığında artık 'lokomotifi kim çekiyor?' diye bir sual sorulamaz. Zira çekip fakat çekilemeyen bir lokomotif olmazsa bu nizam bozulur ve hareket meydana gelmez.

Aynı şekilde, bir şekerin nasıl yapıldığını sorsak bize cevaben, şeker fabrikasında yapıldığı söylenecektir. Şeker fabrikasındaki aletlerin nerede yapıldığını sorduğumuzda onların da tezgâhları izah edilecektir. Neticede mesele bir zihne dayanmazsa tezgâhın da tezgâhı, onun da tezgâhı sorulacak ve teselsüle gidilecektir.

Diğer taraftan bir elma, elma fabrikası olan ağacında yapılmaktadır. Bu ağaç ise kâinat fabrikasında inşa edilmiştir. Eğer elma ağacının da kâinatın da yapılması nihayetsiz bir ilim ve kudret sahibine verilmezse, kâinat fabrikasına da bir fabrika, o fabrikaya da bir fabrika icap edecek ve mesele muhale düşecektir.

Bir yazıyı kalemin yazdığından, kalemi elin tuttuğundan, elin de bir kola bağlı olduğundan bahsetmekle yazıyı izah etmiş olamayız. Hakikatte, mesele bir ilme ve kudrete dayanmakta, el de kalem gibi, o ilmin tecellisine vasıta olmaktadır. Artık "ya ilmi kim yazdı?" diye bir soru sorulamaz.

Bir nefer emri onbaşıdan, o da yüzbaşıdan ve nihayet başkumandan da emri padişahtan alır. "Ya padişah emri kimden alıyor?" şeklinde bir soru sorulamaz. Zira padişah da birinden emir alsa o zaten padişah olamaz. Bu halde birinci şahıs padişah değildir ki: "Padişah kimden emir alıyor", diye bir soru sorabilelim. Padişah denilince emir veren; fakat emir almayan bir zat hatıra gelir.

Devir ve teselsülün muhaliyetini izhar babında verdiğimiz mezkûr misallerden anlaşıldığı gibi, bu kâinatın yaratılışının; zatı, esması ve sıfatlarıyla ezelî ve ebedî Allahu Azimüşşana dayanması zaruridir.

Çok Etkilenmiştik

Vakit epeyce ilerlemişti.

Gerek Vampir Nuri gerekse de bizler bu sohbeti dinlemekte, sonsuz haz almaktaydık; ama gençler çok yorulmuştu. Üstelik oruç tutuyorlardı.

Bunu Vampir Nuri de anlamış olacak ki:

– Sağ olun gençler, dedi. Doğrusu hayatta bu kadar önemli ve tatlı bir sohbet dinlememiştim. Doğrusu içimi rahatlattınız, bana hiç tanımadığım dünyaların kapılarını açtınız. İçimde yeni fırtınalar estirdiniz. Daha soracağım çok soru var. Konuşmamız gereken konuda çok. Bugünlük yeter. Ben daha fazlasını kaldıramam. Bu dinlediklerimi bu gece yorumlamam lazım. Yarın kaldığımız yerden devam ederiz.

– Çocuklar, diye bağırdı etrafındakilere... Bakın arkadaşlarımız oruçlu, onlara ağızlarına layık bir yemek hazırlayın.

Başka bir dünyada yaşanıyordu hapishanenin bu koğuşunda... Anlatılan konuların manevî hazzı ve lezzeti, kalplerde ve akıllarda öylesine bir tesir meydana getirmişti ki kimse o tatlı dünyanın büyüsünden çıkmak istemiyordu. Sanki burası bir hapishane koğuşu değil de özgür dünyanın en huzurlu beldesiydi. Kalpler ve gönüller huzur bulunca cesetlerin nerede ve nasıl olduğu önemli olmuyordu.

Hani varlık içinde yüzen ve her istediği ayağına gelen insanların iç huzursuzluk çektiği gibi. Ceset ne kadar rahat da olsa bu huzur için yeterli olmuyordu. Esas huzurun kalp ve ruhlarda başlaması gerekiyordu; tıpkı bizim koğuşta olduğu gibi...

Dört duvar arasına hapsolmuş bizler, kuşlar kadar hafif ve özgür hissediyorduk kendimizi... Bundan da anlaşılıyordu ki insanoğlunu mutlu kılan, altındaki araba, cebindeki para ve oturduğu villası değildi. Gerçek mutluluk gönüllerde ve kafalardaydı. Bunlar ise o doyumsuz iman ve teslimiyetle mümkün oluyordu. Ben bunu ilk defa hissediyordum.

Sanki Yüce Yaratıcı, o iki genci bize kasıtlı olarak göndermişti. O pırıl pırıl iki insan bizleri sözleri ve davranışlarıyla büyülemişlerdi. Ah şu gençler de böyle olsa idi toplumda hiçbir kötülük kalmazdı.

Bir gün sonra yine gardiyan koğuşa damlamıştı. Said ve Zübeyir'i istiyorlardı.

Vampir Nuri yine küplere bindi. Bağırdı, çağırdı.

Her zamanki gibi gençler ise çok sakindi.

Said:

– Gidelim, efendim, dedi. Belki de sevineceğimiz bir haber olabilir. Her haberi, her şeyi, her olayı hayra yormak lazımdır.

İki genç arka arkaya koğuştan çıktılar.

Vampir Nuri ise hâlâ ayakta sinirine hâkim olmaya çalışıyordu.

– Sakın, dedi. Bu çocukları elimizden almasınlar. Yaşımız elli oldu. Böylesi insanlarla ilk defa karşılaşıyorum. Bunlardan istifade edeceğimiz çok şey var. Bu gece hiç uyuyamadım. Dinlediğim konular beni çok etkiledi. Hatta yıllar sonra ilk defa doğru dürüst bir rüya görmüşüm. Bunu bile sormadım.

Az ileride ayakta dikilen adamına seslendi:

– Git şu gardiyanı çağır, dedi. Çabuk gelsin.

Gardiyan çok sürmeden yetişti.

– Bana bak ulan, dedi gardiyana. Sakın şu çocukları başka koğuşa vermeye kalkmayın. Onlar buraya gelecekler tamam mı?

– Tamam, efendim, diyerek gardiyan başını eğdi.

YEDİNCİ BÖLÜM

Zübeyir ve Said Yine Koğuşta

Korktuğumuz başımıza gelmemişti. Az sonra iki genç koğuşa girince rahatlamıştık.

– Ne oldu, dedi Vampir Nuri merakla...

Zübeyir'in dudaklarına yine tatlı bir tebessüm yayılmıştı.

– Said Abi, her şeyde bir hayır var, demişti ya, öyle oldu çok şükür.

Hapishane müdürü bize teşekkür etmek için çağırmış.

Hepimiz de şaşırmıştık. Vampir Nuri ise büsbütün meraklanmıştı.

– Ne oldu, diye atıldı.

Zübeyir tane tane anlatmaya başladı.

– Müdür beyin oğluyla aynı sınıfı paylaşmıştık. Oğlu ateistti. Anne ve babasını terk etmişti. Gününü gün eden bir gençti. Okulu da bırakmak üzereydi.

Bir vesileyle diyalog kurduk ve arkadaş olduk. Kendisini sık sık sohbetlerimize davet ettik. Burada olduğu gibi merak edilen konuları konuşup istifade ediyorduk. Doğrusu umduğumuzdan daha çabuk etkilendi, çok istifade etti. Güzel bir dönüş yapmıştı. Namazlara ve ibadetlere başladı, okula yeniden döndü.

Bu olayı ise babası yeni duymuş. Dün anne-babasının elini öpmeye gelmiş. Müdür bey de buna çok memnun olmuş. Bize teşekkür etmek için çağırıyormuş.

Bu kısa; ama anlamı çok derin, çok büyük olay karşısında şaşırmıştık. Bu ne müthiş bir şeydi. Ateist, aynı zamanda okulu bırakmış bir genç doğru yolu bulmuştu. Pisliklere dalmış, anne ve babasını reddetmiş bu gencin dönüş yapması ne sevindirici. Bundan daha önemli, daha büyük, daha kıymetli bir şey var mı? Vah, devletim vah... Sen neden bu melek insanlara sahip çıkmazsın da onları ödüllendireceğine hapishaneye yollarsın?

Vampir Nuri dayanamadı, ayağa fırladı.

– Duydun değil mi, dedi. Gerçek kahramanlık böyle olur işte. Bu çocukların elini ayağını öpmek lazım. İnsanları yanlış yoldan kurtarmak kadar daha büyük kahramanlık var mı?

İlk defa gözleri doldu, dudakları oynamaya başladı. Boğazını düğümleyen kelimeler, konuşmasını tıkadı, olduğu yere oturdu.

Odamızda müthiş bir sessizlik vardı. Koskoca Vampir Nuri, belki de ilk defa bu kadar duygulanmış ve etkilenmişti. Hiçbir vicdan, merhamet ve aman duymayan o taşlaşmış kalp, bu müthiş hakikatler karşısında eriyordu artık.

Zübeyir konuşmasına devam etti.

– Bizlere hediyeler vermek istedi. Kabul etmedik. Çünkü biz bu hizmeti Allah rızası için yapıyoruz. Ayrıca yerimizi de değiştirmek istedi. Onu da kabul etmedik. Çünkü bu koğuşta Nuri Bey ve sizler gibi pırıl pırıl dostlar dururken başka koğuşa gidemezdik.

Bu güzel iltifat karşısında hem biz hem de Vampir Nuri çok memnun olmuştuk. Gençler sanki içimizi okuyor, neden hoşlandığımızı çok iyi biliyordu. Bu da onlara olan sevgimizi bir kat daha artırıyordu.

O gün yine tatlı bir sohbet başlamıştı. Vampir Nuri bir an önce sohbete geçmek için sabırsızlanıyordu. Biz de öyle tabii ki...

Vampir Nuri önce güzel bir rüya anlattı. Uzun rüyanın özeti şöyleydi.

Vampir Nuri, bir uçurumdan öbürüne geçmek istiyor; ama korkusundan atlayamıyordu. Altı çok derin ve tehlikeli olduğu için cesaret edemiyordu. Karşı taraftan birisi kendisine ip atıyor, Vampir Nuri de ipin ucundan yakalıyor. Ve ardından müthiş bir mücadele başlıyor. Vampir Nuri ise kan ter içinde uyanıyor.

Bu rüyayı Said şöyle değerlendirmişti:

– Maşallah çok güzel bir rüya... Sonu aydınlık olacak bir hayat gözüküyor. Sizi tebrik ederim. Belki de zor bir mücadeleden sonra bütün uçurumları aşarak hak ve hakikatle buluşacaksınız. Zaten sizde o azim ve istek var.

Bu iltifat da Vampir Nuri'yi çok memnun etmişti.

Sorular-Cevaplar

Vampir Nuri, sorularına yeniden başlamıştı:

– Bu kâinatı Allah yaratmıştır. O her şeyin hâkimi ve her şeyi en ince ayrıntısına kadar düzenleyendir. Bizlere de sayısız ve çok kıymetli nimetler sunmuştur. Bunu anlamak kolaydır. Peki, bütün bundan sonra niçin bizi rahat bırakmamış, illa ibadet edeceksiniz, diye emretmiş. Allah'a karşı ibadet etsek ne olur, etmesek ne olur? Onun bu ibadetlere ihtiyacı var mı?

Bu soru bizim de çok ilgimizi çekmişti. Bütün koğuştaki arkadaşlar kendilerini dikkatle dinlemeye hazırlamışlardı.

Said, önünde duran kırmızı kaplı kitabı eline alıp sayfalarını çevirmeye başladı. Yine hem okuyup hem de açıklıyordu.

– Cenab-ı Hak, senin ibadetine, belki hiçbir şeye muhtaç değil. Fakat sen, ibadete muhtaçsın, manen hastasın, ibadet ise manevî yaralarına tiryaklar hükmünde olduğunu çok risalelerde ispat etmişiz. Acaba bir hasta, o hastalık hakkında, şefkatli bir hekimin ona ilaçları içirmek hususunda ettiği ısrara mukabil, hekime dese "Senin ne ihtiyacın var bana böyle ısrar ediyorsun?" ne kadar manasız olduğunu anlarsın. (*Yirmi Üçüncü Lem'a*)

İbadetin insan vücuduna sayılamayacak kadar maddî manevî faydaları var. Mesela bir orucu ele alalım. Bugün orucun maddî faydaları tıp otoriteleri tarafından kabul edilmiştir. O kadar ki Avrupa'nın bazı ülkelerinde "Oruçla Tedavi Merkezleri" kurulmuştur.

Oruç, karaciğer ve sindirim sistemini en mükemmel şekilde dinlendirmektedir. Kemik iliğe yaptığı uyarıcı tesir sebebiyle kansızlığa en iyi tedavi şeklidir. Damar sertliğini ortadan kaldırıp kalbi dinlendirmektedir.

Öte yandan abdest insanın statik elektriğini atarak deri ve sinir sistemindeki gerilimleri yok eder.

Dolaşım sistemindeki minik tıkanmaları açar ve damar sertleşmesini engeller. Lenf damarlarını devamlı şekilde canlı tutarak koruma sistemini dinç ve kuvvetli kılar. Bu ise bütün hastalıklara karşı güçlü olmamız demektir.

Gusül abdesti çok büyük bir tesire sahiptir. Burun ve boğaz yıkanması hipofiz salgı bezinin damarları üzerinde masaj yerine geçtiği için bedenin gençliğini ve dinçliğini sağlayan tek tedbirdir.

Özellikle daha çok hanımları ilgilendiren cilt bakımı ve güzelliği için abdestin faydası pek büyüktür. Güzellik uzmanları, güzel bir cilde sahip olmak için "Cildinizi temiz tutun ve bol suyla yıkayın" diyorlar. Bir Müslüman hanım bunu ibadet olarak her gün yapıyor. Ayrıca namaz, insan organlarının sıhhati için son derece faydalı hareketler temin ediyor.

Mesela sabah namazı insana enerji, gençlik ve zindelik verir. Sabah namazı vakti esen rüzgâr, ozon gazı ihtiva etmektedir. Bu gaz vücut üzerinde sayılamayacak kadar faydalar sağlamaktadır. İnsana kuvvet ve enerji vermekte, zihni ve bedenî faaliyetleri artırmaktadır. İnsan vücudunun sistemlerinin düzenli olarak çalışmasını sağlamaktadır. Modern tıbbî araştırmalar neticesi, bu faydalar ortaya çıkmıştır. İşin en enteresan yönü ise bu gazın sadece şafak vaktinde olup güneş doğmaya başlayınca ortadan kalkmasıdır.

Çağımızda insanların streslerini üzerlerinden atmak için yaptıkları yoga, zihin ve beden dinlendirme hareketleri ve meditasyon, işte bizim namazımızla mükemmelen yapılmaktadır.

Namazın maddî ve manevî faydaları göz önünde bulundurulursa bizim ibadetimize Cenab-ı Hakk'ın ihtiyacının olmadığı anlaşılır. Mesela Cenab-ı Hak insanlara içkiyi, kumarı ve zinayı da haram kılmıştır. Bu yasakların sebebi nedir? İnsanlara zulmetmek ve onların dünyada rahat etmelerini engellemek için mi? Asla. Vücudumuzu bu sâri illetlerin zararlarından kurtarmak içindir. Bugün tıp, bu yasak edilen şeylerin insan vücuduna olan zararlarını ortaya koyuyor. Hatta tartışmaktan öte tespit etmiştir. Sonra bunların toplum hayatına olan zararları... İçki içen, kumar oynayıp birbirlerini daima aldatan eşlerin aile hayatlarındaki huzursuzlukları, çocuklar üzerindeki menfi etkileri, toplum hayatında meydana getirdiği problemler...

İşte Cenab-ı Hak, ferdin sağlıklı, stresten uzak, aile hayatında mutlu ve toplum hayatında huzurlu olması için bir takım emir ve yasaklar koymuştur. Bu sebeplerden dolayı insanları ibadet etmekle sorumlu kılmıştır. Çünkü namaz kılan insanlar Allah'tan korkar. Kendisini yaratan, idare eden ve yaptıklarından dolayı ahirette hesaba çeken birinin olduğunu bilerek secdeye gider o secdeye başını koyan insan içki içmez, kumar oynayamaz, insanların haklarına tecavüz edemez, hırsızlık yapamaz. Topluma zararlı olacak bütün fiillerden kaçar. Daima faydalı işler yapar.

Zekât, Eşitliği Sağlar

İslam'da zekât da bir ibadettir. Böyle bir ibadetin yapmış olduğu sosyal adaleti hangi sistem sağlayabilmiştir? Müslüman, malının kırkta birini fakire vermek zorundadır. Allah (c.c.) korkusundan ve Allah'ın rızasını kazanmaktan başka hangi duyguyla insan, malının kırkta birini verebilir? Nitekim Rusya'da komünist idare sosyal adaleti yapabildi mi?

Sosyalist idareler, fakirle zengini eşit yapmak için yola çıktılar; ama bunu başarabildiler mi?

Oysa Peygamberimiz "Komşusu aç iken kendisi tok olan bizden değildir" fermanıyla bütün Müslüman zenginleri fakirlerin yardımına sevk etmiştir.

Yaptığımız ibadetlerin maddî faydalarını anlatmak için ciltlerle kitap yazmamız gerekir. Hâlbuki biz bu ibadetleri maddî faydası için değil, sırf Allah (c.c.) rızası için yaparız. Ancak o zaman yaptıklarımız ibadet hükmüne geçer. Çünkü ibadetin asıl sebebi, Allah'ın emri olmasıdır.

"İbadet etmek için önce Allah'a (c.c.) inanmak gerekir. Eğer kendisini yaratan ve kendisine bu mükemmel vücut makinesini veren ve onu en güzel nimetlerle besleyen ayı ve güneşi emrine vermekle onu kâinatın en güzide misafiri yapan Cenab-ı Hakk'ı tanıyorsa öyleyse O'nun emir ve yasaklarını da tanıması gerekir."

Cenab-ı Hak, bize verdiği nimetlere karşı şükür istiyor. Bu şükür nasıl olacaktır? O'nun verdiklerine karşı bizim de ibadet etmemiz için O'nun önünde secdeye kapanarak namaz kılmalıyız. Mal vermişse bunun şükrünü eda etmek için zekât vermeliyiz. Nimetlerin kıymetini iyi idrak etmek için aç kalarak oruç tutmalıyız.

İnsanın Allah'a teşekkürü; ancak ibadetle mümkündür. Zira ibadet insanı Allah'a yaklaştırır.

Şimdi bir zat düşünün ki size muhteşem bir hayat yaşatsa sonra da size devamlı hediyeler gönderse siz ne yaparsınız? Teşekkür mü edersiniz, yoksa nankörlük mü?

İşte Cenab-ı Hak da bize anlatamayacağımız mükemmellikte bir hayat vermiştir. Devamlı nimetlerle o hayatı beslemektedir. Öyleyse bizim de ona sık sık teşekkür etmemiz gerekir. Şu kâinat sarayını seyrettiğimiz gözlerimize fiyat biçilir mi? Devamlı teneffüs ettiğimiz havayı parayla satın alsak buna gücümüz yeter mi? Öyleyse bu nimetlere teşekkür etmek için ibadet etmemiz gerekmez mi? Yani biz ibadetlere muhtacız. Allah'ın ibadet etmemizi emretmesi de bizim içindir.

Mademki dünya fanidir, ebedî hayat burada kazanılacaktır. Mademki ecelin elinden kaçıp kurtulma çaresi yoktur. Ölüm celladı başımızı kesmek için her an gelebilir. Kabir de bütün dehşetiyle ağzını açmış bizleri bekliyor.

Öyleyse en bahtiyar insan fani dünyanın geçici zevklerine aldanmayıp yaratılış gayesini idrak edendir. Kendisini yaratanı kulluk ve ibadetle tanıyan insandır. Zira şu kâinata hikmet nazarıyla baktığımız zaman hiçbir şeyi nizamsız ve gayesiz göremeyiz. Öyleyse biz nasıl nizamsız ve gayesiz kalabiliriz? Cenab-ı Hakk'a ibadet etmeden nasıl yaşayabiliriz? (Gülay Atasoy)

Bunlar Müthiş Hakikatler...

İzahlar, yorumlar, örnekler tek kelime ile harikaydı. Sanki yıllar yılı aç kalan ruhumun bir ziyafete konmuş gibi müthiş bir haz ve lezzet doluydu. Demek ki imandaki huzur bu olmalıydı.

Vampir Nuri de her kelimeyi büyük bir dikkat ile başını sallayıp tasdik ederek dinlemişti.

Said konuyu bitirdiğinde Vampir Nuri'nin dudaklarından şu sözler dökülüverdi.

– Müthiş şeyler... Neden geç kaldık biz, dedi. Aslında bu itirafı kendi içinde yapmıştı. Belki de dudaklarından döküldüğünün farkında değildi.

Hüzünle yüzünü buruşturdu. İçindeki hesaplaşmayı bastırmak istedi.

Kim Bu Said Nursî? Ne Yapmak İstemiş?

Vampir Nuri masanın üstünde duran kitaplardan birisini eline aldı.

– Bu kadar güzel ve etkileyici olan bu kitapların yazarı kimdir? Necidir? Niçin biz şimdiye kadar tanıyamadık? Biraz da bu şahsı ve bu kitapları anlat da dinleyelim.

Bu soruya da Zübeyir cevap vermişti.

– Kitapların yazarının adı Bediüzzaman Said Nursî, kitaplarının adı da *Risale-i Nur külliyatı*'dır.

Gerek bu kitapların yazarı gerekse de yazdığı kitaplar, asrımıza damgasını vurmuştur. İşin en üzücü yanı ise insanların imanını kurtaran, toplumu düzen ve tertibe, Allah'a kul olmaya davet eden Bediüzzaman Said Nursî şiddetle siyasetten kaçtığı ve asla devlet işlerine karışmadığı halde, bazı art niyetli kişiler ve kesimlerce gölgelenmek istemiş, gerek kendisi gerekse de yazdığı kitaplar yanlış tanıtılmıştır.

Maalesef ben ve arkadaşım Zübeyir de bu konuyu böyle biliyorduk. Bizler de dağınık, inançsız ve başıboş gençlerdik. Bizler daha iki yıl önce doğruyu ve hakikati bulduk. Eğer Bediüzzaman Said Nursî ve *Risale-i Nur* kitapları olmasaydı bugün burada değil, toplum içinde zararlı bir genç olacak. Hem kendimizi hem de başkalarını üzmeye devam edecektik.

"Allah Allah! Demek bu gençler de önceden bizim gibiymiş ha" diye kendi kendimize düşündük.

Bediüzzaman Said Nursî, 1876 yılında Bitlis'in Hizan Kazası'nın, Nurs Köyü'nde doğdu. 1960 yılında Ramazan ayı içinde de Urfa'da Hakk'ın rahmetine kavuştu.

Çok küçük yaşta ilme merak sardı. Yaşından umulmayacak bir tarzda seksen kitabı üç ayda ezberledi. On beş yaşında icazet, yani medreseden mezuniyet belgesi aldı. Doğu'daki bütün âlimleri dize getirdi ve genç yaşta "Bediüzzaman" unvanıyla anılmaya başlandı.

1907 yılında İstanbul'a geldi. Zamanın ileri gelen âlimlerinin ve Osmanlı aydınlarının uğrayıp kaldığı Şekerci Han'ında bir oda tuttu. Odanın kapısına "Burada her soruya cevap verilir, her müşkül halledilir; fakat sual sorulmaz" levhasını astı. Kimseye soru sormadan kendisine sorulan bütün soruları cevapladı.

Doğu insanının cehaletten kurtulmasını istiyordu. Bu amaçla Sultan Abdülhamid'e bir dilekçe verdi ve Doğu'da bir üniversite açılmasını, burada fen ve din ilimlerinin birlikte okutulmasını talep etti.

Ne var ki Sultan Abdülhamid'in adamları tarafından "deli" olduğu iddiasıyla Toptaşı Tımarhanesi'ne kapatıldı; fakat doktor raporuyla dışarı çıktı. Raporda şunlar yazılıydı:

"Eğer Bediüzzaman'da zerre kadar delilik varsa dünyada akıllı adam yoktur."

31 Mart olayında isyan eden sekiz taburu bir nutukla yatıştırdı, yine de tutuklanmaktan kurtulamadı. "Sen de şeriat istemişsin?" diyen mahkeme başkanı Hurşit Paşa'ya:

"Şeriatın bir hakikatine bin ruhum olsa feda etmeye hazırım. Zira şeriat, sebeb-i saadet (saadetin sebebi) ve adalet-i mahz (tam bir adalet) ve fazilettir. Fakat ihtilalcilerin isteyişi gibi değil!" diyerek beraat etti. Beyazıt'tan Sultanahmet Camii'ne gidene kadar haykırdı:

"Zalimler için yaşasın Cehennem!"

1910 yılında İstanbul'dan ayrılarak Van'a gitti. Van'dan da Şam'a geçerek Camiü'l-Emeviye'de on bine yakın insana *Hutbe-i Şamiye* adlı bir hutbe okudu. Bu hutbede Müslümanların maddî ve manevî hastalıklarını ve bu hastalıkların çözüm yollarını anlattı.

1911 yılında tekrar İstanbul'a geldi. Hayatının en büyük gayesi olan ve "Medresetü'z-Zehra" adını verdiği şark üniversitesini açmak için tekrar çalışmalara başladı. Sultan Reşad, Bediüzzaman'ın böyle bir üniversitenin açılabilmesi için gerekli olan on dokuz bin altın talebini kabul etti. Van Gölü'nün kenarında, Edremit'te üniversitenin temeli atıldı. Fakat Birinci Dünya Savaşı patlak verdi ve Medresetü'z-Zehra tamamlanamadı.

Bu arada Bediüzzaman, Birinci Dünya Savaşı'na katıldı. Doğu bölgesinde gönüllü milis albayı olarak savaştı. Ruslara esir düştü. İki yılı aşkın bir süre Sibirya'da esir kaldı. İlmin izzetini korumak için Rus Generali Nikola Nikolaviç'in karşısında ayağa kalkmadı ve bu yüzden idama mahkûm oldu; ama davasındaki samimiyeti, onu asılmaktan kurtardı.

Rusya'dan firar ederek İstanbul'a geldi. Burada Şeyhülislâm'dan medrese talebelerine kadar herkesten büyük hürmet gördü. *Darü'l-Hikmet*, yani *İslâm Akademisi*'ne aza olarak tayin edildi ve orada dersler verdi.

1920'de İstanbul'un İngilizler tarafından işgali sırasında kaleme aldığı *Hutuvat-ı Sitte* adlı eserle ulemayı, Şelhülislam'ı ve İstanbul'u yabancı taraftarlığından kurtardı. Bu eserinde Millî Kurtuluş Hareketini destekledi.

Bediüzzaman'ın vatan ve millete yaptığı hizmetler, Ankara'nın dikkatini çekti. Mustafa Kemal tarafından ısrarla Ankara'ya davet edildi. Mareşal Fevzi Çakmak ve kendisinin eski dostu Van valisi Tahsin Bey'in de ısrarları üzerine Ankara'ya gitmeyi kabul etti. 1922 yılında İstanbul'a veda etti.

TBMM'de "Hoş amedi" ile yani *hoş geldiniz* merasimi ile karşılandı. Kendisine mebusluk, Darü'l-Hikmet'teki eski vazifesi, Şark umum vaizliği ve yüklü bir maaşla bir köşk tahsis edileceği söylendi; ama o bunları kabul etmedi. Çünkü gördüğü manzara hazindi. Hazin olduğu kadar da elem ve hüzün vericiydi. Memleketin maddî kurtuluşuna çalışanların manevî yönlerinin zayıflığı ve özellikle namaza karşı olan ilgisizlikleri Bediüzzaman'ı üzdü. Bunun üzerine TBMM'de namazın ehemmiyetine dair on maddelik bir beyanname okudu. Böylelikle bazı milletvekillerinin namaza başlamasına vesile oldu.

Daha sonra Ankara'dan ayrıldı. Parayı, pulu ve dünyevî her şeyi reddederek Doğuya çekildi. Yazacağı eserlerin planını yapmaya başladı.

Bu arada, inkılaplar münasebetiyle ayaklanmak isteyen Şeyh Said'e karşı çıktı:

"Bin seneden beri Kur'an'ın bayraktarlığını yapan bir millete kılıç çekmem, siz de çekmeyin."

İşte o an olanlar oldu... Devletin güvenlik güçleri Şeyh Said isyanını bahane ederek Bediüzzaman'ın yakasına yapışıp ellerine kelepçeler vurdular. Onu sürgünden sürgüne yollayıp mahkemeden mahkemeye sevk ettiler, hapishaneden hapishaneye gönderdiler, dağlar arasında ölüme terk ettiler.

Bediüzzaman kâh kışın soğuğunda altmış kişilik koğuşta yalnız bırakıldı, kâh yemeğinin içine zehir atılarak öldürülmek istendi. Bir katil gibi yargılandı, bir cani gibi evi basıldı...

Kimse Bediüzzaman'ı yolundan döndüremedi. Kimse onu davasından ayıramadı. Hiçbir zulüm ve işkence onu yıldıramadı. O yazdı, yazdı, yazdı... Çünkü yazdığı eserler gençliğin imanını kurtarıyordu. Onları kötülüklerden koruyordu. Bunun için Birinci Dünya Savaşı'nda kışın o şiddetli soğuğunda ve savaş hattında at üzerinde bile yazmayı bırakmadı.

Peki, bu yazdıkları neydi? Nelerden bahsediyordu ki savaş alanında bile yazmaya devam ediyordu? Oysa insanın hayatta en kıymetli varlığı canı değil miydi? İnsanın canını ve ölümü hiçe sayarak ne yazabilirdi ki o yazdıkları canından daha kıymetli olabilsin? Evet, neydi yazdıkları ki devletin kendisine verdiği bütün imkânları reddetti?

Kendisine teklif edilen köşkte oturup refah ve lüks içinde yaşamak varken o, hapsi ve sürgünü tercih etti. Çileden çileye koştu. Pek çok zulme ve sıkıntıya katlandı. Her şeye göğüs gerdi. Her türlü derde sabretti.

"Kur'an'ın sönmez ve söndürülmez manevî bir güneş olduğunu, ben dünyaya göstereceğim ve ispat edeceğim" diyordu.

Eserlerini bazen bir dağ başında bazen bir hapishane köşesinde bazen bir sürgün yerinde kaleme aldı. Öyle ki insanlığın imanını kurtarmak için yazdığı bu eserlerin uğruna dünyasını değil, ahiretini de feda etmeye hazır olduğunu söyledi:

"Seksen küsur senelik bütün hayatımda dünya zevki namına bir şey bilmiyorum. Bütün ömrüm harp meydanlarında, esaret zindanlarında yahut memleket hapishanelerinde, memleket mahkemelerinde geçti. Çekmediğim cefa, görmediğim eza kalmadı. Divan-ı harplerde bir cani gibi muamele gördüm, bir serseri gibi memleket memleket sürgüne yollandım. Memleket zindanlarında aylarca ihtilattan men edildim. Defalarca zehirlendim."

"Cemiyetin imanı, saadet ve selameti yolunda nefsimi, dünyamı da feda ettim. Sonra ben cemiyetin iman selameti yolunda ahiretimi de feda ettim. Gözümde ne Cennet sevdası var ne de Cehennem korkusu. Cemiyetin yirmi beş milyon Türk cemiyetinin iman namına bir Said değil, bin Said feda olsun. Kur'an'ımız yeryüzünde cemaatsiz kalırsa Cenneti de istemem; orası da bana zindan olur. Milletimizin imanını selamette görürsem, Cehennemin alevleri içinde yanmaya razıyım. Çünkü vücudum yanarken gönlüm gül gülistan olur."

Bediüzzaman her şeyi feda ediyordu; ama bir şeyi feda etmiyor, bir şeyden asla vazgeçmiyordu. O da iman ve Kur'an hakikati olan *Risale-i Nur*'du.

İşte *Risale-i Nur* adı verilen külliyat 1926 yılında *Nur'un ilk Kapısı* adlı eserle başlamış ve 1950 yılına kadar geçen 24 yıllık bir devrede 130 küçüklü büyüklü eser, "Bu asrın ehemmiyetli ve manevî bir mürşidi, Kur'an'ın son asırlarda beklenen bir manevî mucizesi" olarak ortaya çıkmıştır. (Gülay Atasoy)

Sözler, Lem'alar, Şualar, Mektubat, Mesnevî-i Nuriye, Asa-yı Musa, İşârâtü'l-İ'caz, Tarihçe-i Hayat, Sikke-i Tasdik-i Gaybî, Emirdağ Lâhikası, Barla Lâhikası, Kastamonu Lâhikası ve küçüklü büyüklü diğer eserleri... Yalnız bu vatan gençliğinin değil, bütün dünya milletlerinin imanlarını kurtarmaktadır. Birçok dile çevrilmiş olan bu kitaplar dünyada en çok okunan eserlerdir.

Vampir Nuri Dayanamadı

Vampir Nuri bir anda dayanamadı. Yumruğunun önündeki masaya vurarak:

– Vay be. Demek ki adam insanlara bu kadar iyilik ediyor, bazı insanlar da ona zulmediyor ha? Olmaz böyle şey... Olmaz!

Kendisini bu sohbetin büyüsüne öylesine kaptırmıştı ki ne yaptığını az sonra fark etti.

– Kusura bakmayın evlatlar. Öfkeden kendimden geçtim.

O gün yine sohbet bir harika olmuştu. Kalpler bir başka çarptı.. Sanki kararmış, bitmiş dünyamız yeniden yeşerdi, gönlümüz nurla doldu. Bu manevî atmosfer zaman zaman gözlerimizi nemlendirmişti.

Vampir Nuri ise derinlere, çok derinlere dalmış, âdeta kendinden geçmişti. Sanki burası bir hapishane değil, psikolojik bir tedavi merkezi halini almıştı.

Yaklaşık bu sohbetlerimiz on güne yakın sürdü. Sabahtan akşama kadar nefis sohbetler, çok önemli konular, sorular ve cevaplarla geçiyordu. Özellikle de Vampir Nuri her gün biraz daha kendini toparlıyor, hislerini bazen haykırarak bazen de gözyaşlarıyla anlatıyordu.

O Müthiş An

O müthiş an gelip çatmıştı. Hayatımda unutmadığım o müthiş an... Hatırladıkça hâlâ ürperiyorum, hâlâ titriyorum.

Gece Vampir Nuri'nin feryadı ve hıçkırıklarıyla uyanmıştık. Herkeste müthiş bir şaşkınlık vardı. Rüya mı görmüştü; yoksa dinlediği hakikatler böyle bir etki mi yapmıştı?

Herkes kendi kendine bir yorum yapıyordu. Ama hepimiz uyanmıştık. Vampir Nuri'nin hıçkırıklarını dinliyorduk. Herkesi titreten, herkesi korkutan, bu şehre hükmeden ünlü kan dökücü, can yakıcı adam yatağının üstünde diz çökmüş başını ellerinin arasına almış ağlıyordu.

Adamları yanına koştular.

"Yaklaşmayın" der gibi bir işaret yaptı.

Bir müddet o gözyaşları içinde biz de hayret ve ibret içinde kaldık. Onun da bizim de ruhumuzda esen fırtınalar birçok yönümüzü buduyordu. Kendimizi hesaba çektikçe, yaptıklarımızı değerlendirdikçe kendimizden utanıyorduk.

O esnada Vampir Nuri'nin ağlamaklı ve gür sesi duyuldu.

– Kalkın, dedi. Herkes kalksın.

Koğuştaki her arkadaş kalktı, üzerini giyinmeye başladı. Doğrusu bu emrin ne için olduğunu merak etmiştik.

Zübeyir ve Said de sabah namazı için kalkmışlar hazırlık yapıyorlardı.

– Said Efendi, dedi Vampir Nuri, durgun ve hüzünlü bir ses tonuyla. Bir ömrü heba etmişiz. Doğru diye yanlışlara sarılmışız. Çok insanın canını yakmışız, büyük günahlara girmişiz. Ama Rabb'im çok merhametli, çok şefkatlidir. Ona yalvarmaktan, tövbe etmekten, af dilemekten başka çaremiz yoktur. Ne olur, sen bize şu abdesti, namazı tarif et de bu sabah ilk namazımızı kılalım. O'nun huzuruna çıkıp ilk pişmanlığımızı arz edelim. Çünkü artık bizim için başka bir kapı yoktur.

Sesi kesildi kelimeler boğazına düğümlendi, yeniden hıçkırmaya başladı. Bütün koğuşu bir hüzün, bir ibret ve bir şok dalgası kaplamıştı.

Hepimizin de yolu yanlışlıktan, çirkinlikten, günahlardan geliyordu. Bizim hislerimiz, bizim duygularımız ondan farklı değildi.

Ben de ilk defa bu kadar etkilenmiş ve gözyaşlarıma engel olamamıştım. O inanılmaz hakikatleri kalp ve ruhumda öyle tesir etmişti ki artık bize yeni bir dünyanın kapısı açılmıştı.

Tam o esnada Zübeyir yanımdan geçiyordu. Gözlerimden akan yaşları görünce çok içten, çok samimane bir bakışla:

– Sizin isminiz neydi, diye sordu.

– Emre, dedim.

– Maşallah, dedi. Cenab-ı Hak kendisi için akan gözyaşları asla boşa çıkarmaz. Sizi tebrik ederim. Bu sizin ruhunuzun paklığını gösteriyor.

Bende kendisini ve memleketini sordum. Aman Allah'ım bu genç can düşmanımızın ailesine mensuptu. Olmaz böyle şey!

Bir anda sendeledim, kendimi yere bıraktım. Hey Allah'ım, senin planına kim akıl erdirebilir? Aile fertlerimizi birer birer öldüren bir düşmanımızın çocuğu şimdi gelmiş imanımı kurtarıyor. Bu ne büyük bir sır, bu ne akıl almaz hikmet?

Aradan yıllar geçmesine karşın bunu Zübeyir'e hiç söylemedim. O da biliyorsa da bana hiç hissettirmedi.

O sahneyi hiç unutamıyorum. O an kendimi büsbütün kaybetmiştim. Bu öyle bir duyguydu ki ağladıkça rahatlıyor, gözyaşı döktükçe içimin sıkıntısı diniyordu.

İlk Namaz

Koğuşta yer açtık. Said imam oldu, Zübeyir de müezzin. Bütün koğuş, istisnasız olarak namaza iştirak etti.

Allah'ım bu ne müthiş bir manzaraydı. Hayat boyunca sana isyan etmiş, emirlerini dinlememiş; hatta varlığını inkâr etmiş kulların senin önünde gözyaşı döküyor, af diliyor, feryat ediyordu.

İniltiler, hıçkırıklar yanık yalvarışlar birbirine karışmıştı. Sanki o anda binlerce rahmet meleği etrafta halka olmuş, alkış tutmuşlardı.

Said'in ihlaslı ve tatlı sesi, ruhumuza işliyor, her dokunduğu yeri kanatırcasına bizleri gözyaşlarına boğuyordu.

El bağlayıp saf tutmuş olan Vampir Nuri'nin hıçkırıkları kulağıma geldikçe ben de kendime hâkim olamıyordum.

Başlar secdeye gidince kalkmak istemiyordum. Bir ömür boyu o Yüce Yaratan'a secde edip gözyaşlarıyla af dilemek istiyordum. Çünkü biz öyle dehşetli günahların sahibi bir topluluktuk ki her birimizin ruhunda binlerce hesaplaşma vardı.

Eminim ki gözler önünde dökülen kanlar, feryatlar, cinayetler mazlumların ahları canlanıyor, bu büyük günahların hesabı içinde ruhlar yanıp tutuşuyordu.

Namaz bitince Said ve Zübeyir'in de gözlerinin nemli olduğunu gördük. O muazzam iklim içinde onlar da gözyaşı dökmüşlerdi.

Bütün Koğuş Ağlıyorduk

Vampir Nuri seccadeden kalktı, uzun ve güçlü kollarını Said'in boynuna attı. Bir çocuk gibi ağlamaya başladı.

– Sana geldim Ya Rabb'i, diyordu. Ben affolunmayacak günahların sahibiyim. Senden başka kapım yok. Ne olur kovma beni. Affetmesen de kovma. Kabul etmezsen de beni reddetme. Ben artık o hayata dönemem. Beni bu dünyada kabul et. Yoksa dayanamam.

Ölene kadar kapında yalvaracağım. Kapında yalvarmak bile bir nasiptir. Ölmeden önce bu hakikatleri bana gösterdin, nasip ettin.

Artık tek dileğim bu hakikatlerin herkesçe bilinmesi ve istifade edilmesidir. Yoksa bu toplumun başka kurtuluş yolu yoktur. Çünkü insan, kalbi düzelmeden hiçbir şey düzelmez.

Olduğum yere oturuvermiştim. Sanki orası bir hapishane koğuşu değil, Cennet köşelerinden bir köşeye dönüştü. Heyecan dorukta, gözyaşları durmuyor, âdeta kalpler tövbe ve yalvarışlarla çarpıyordu.

Böylece Vampir Nuri müthiş bir dönüş yapmıştı. Vampir Nuri'nin dönüşü demek, bir şehrin kurtuluşu demekti.

Madem ellerde, gönüllerde zihinlerde, ideallerde bu hakikatler var niçin bunlar devlet eliyle anlatılmıyor, yayılmıyor? Milyonlarca insanın bu hakikatlere ihtiyacı var. İnsanları ceza ve hapishaneler değil, böylesi hakikatler ıslah ediyor. Bu niçin görülmüyor veya göz ardı ediliyor? Vatanperver her insan artık bunu fark etmelidir.

Sabah namazından sonra başlayan ve öğle namazına kadar süren sohbet daha bitmemişti ki gardiyan kapıyı açtı.

– Said ve Zübeyir, dedi. Bugün mahkemeniz var.

Şu Allah'ın işine bakın ki bizlere bu hakikatleri nasip ettikten sonra gençler aramızdan ayrılmıştı. Sanki Cenab-ı Hak onları buraya görevli göndermişti. Onların tahliye olup gideceklerini biliyorduk. Tek tek sarıldık, vedalaştık, gözyaşları içinde uğurladık. Zaten öğleden sonra da tahliye haberleri ulaştı. Onlar başka vazifelere doğru yol almışlardı bile.

Yüreklerine kuvvet, Allah yollarını açık, hizmetlerini makbul kılsın.

Said ve Zübeyr hapishaneden çıkmışlardı; ama bize bıraktıkları miras yanı başımızdaydı. Bizler namaza ve sohbete devam ediyorduk. Onlar risaleleri bize bırakmışlardı.

Hapishaneden tahliye olmadan evvel lavaboda abdest aldığım bir gün, baktım ki yanımda o sırlı adam duruyor. Bir anda göz göze geldik.

"Mübarek olsun" dedi sakin ve tatlı bir ses tonuyla. "Bu hakikatler sizin ebedî hayatınızı kurtaracak, sakın bırakmayın."

Onunla ilgili kafamda birçok soruyu bir anda sorup cevabını almak isterken baktım ki lavabo boş, kimseler yoktu. Gitmişti.

Tahliye Olduk

Çok sürmedi, ben de Vampir Nuri de aftan tahliye olduk. Şimdi Vampir Nuri kendi köşesine çekildi, hiçbir şeye karışmıyor, günlerini seccade başında ibadetle geçiriyor.

Ben evlendim. Yüce Rabb'im üç çocuk verdi. İkisi erkek, biride kız. Onlara kardeşlerimin ismini verdim. Sağ olsun hanımım dini bütün bir kadın. Yüce Rabb'imin yolundan ayrılmamaya gayret ediyoruz. Çünkü dünyada başka türlü huzur yoktur. Rabb'im herkese bu hakikatleri okumayı, anlamayı ve yaşamayı nasip etsin...

Âmin...

SON

OKUYUCU GÖRÜŞLERİ

Emre, ilk sayfadan son sayfaya kadar bir gözyaşı tufanı...

Bu kitap bana neler öğretmedi ki! Kendimi bu kitapla keşfettim. Taşıdığım değerleri bu kitapla anladım. Rabb'ime şükretmeyi öğrendim. Daha da önemlisi, sabrın ve Allah'a güvenmenin erişilmez büyüsünü hissettim yüreğimde...

Bu eser beni baştan sonra değiştirdi. Gözyaşlarımla yıkandı bütün kirlerim. Şu an elimden gelen şey, imkânlarım ölçüsünde benim gibi hayat yolunu kaybetmişlere bu kitabı hediye edip onların da kurtulmasını sağlamak.

Beni huzur iklimiyle buluşturduğu için kitabın yazarına saygılarımı sunuyorum. Lütfen yazmaya devam edin.

Okurunuz

Kayserili Fatma

***

Emre ismindeki kitabınızı yeni bitirdim ve hemen size ulaşıp birkaç cümlecik de olsa duygularımı aktarmak istedim.

Bugün bana öyle bir güzellik yaşattınız ki... Hiç kitap okumasını sevmeyen bir gençtim, ben. Arkadaşımın tavsiyesiyle aldığım kitabı, iki saat gibi kısa bir zamanda ve bir duygu seli içinde okudum. Demek ki bazı kitaplar insanı ağlatıyormuş. Nedenini de anladım. Çünkü bu kitapta kendimi buldum ve kendi acılarımın ve açmazlarımın aynısını yaşadım.

Emre, yıllardır içimi kanatan dertlerime çare oldu. Allah da sizin dertlerinize deva olsun. Eğer gücüm yetse bu kitabı herkese okutmak isterim.

Yüreğinize, kaleminize sağlık! İnşallah sağlıklı uzun ömürler sürersiniz de *Emre* paralelindeki çalışmalarınız devam eder.

Saygılarımla...

Emre Yılmaz

★★★

Bütün kitaplarınızı okuyorum. Şimdi elimde Emre adıyla kaleme aldığınız kitabınız var. Bitirdim tabii ki diğerleri gibi bir solukta.

İtiraf etmeliyim ki kitaplarınızda yüksek bir ruh, akıcı bir üslup ve ilaç gibi mesajlar var. Tek kelimeyle harika bir kitap!

Başka ne demeliyim? Sırlı adamlar mı bekliyoruz imana koşmak için? Gerçek sır içimizde, yüreğimizde... Bizler de